Literarische
SCHLITTEN-
FAHRT

Die schönsten Wintergeschichten

arsEdition

Ich habe diese Zeit des Jahres gar lieb,
die Lieder, die man singt,
und die Kälte, die eingefallen ist,
machen mich vollends vergnügt.

Johann Wolfgang von Goethe

Inhaltsverzeichnis

Du möchtest doch diese Orte am siebenten Tag schließen«, sagte Scrooge. »Und das läuft auf dasselbe hinaus.«
»Möchte ich das?«, rief der Geist.

»Verzeih, wenn ich unrecht habe. Es ist in deinem Namen oder zumindest in dem deiner Familie geschehen«, sagte Scrooge.

»Es gibt einige Menschen auf eurer Erde«, erwiderte der Geist, »die uns zu kennen vorgeben und die ihre Taten, die der Leidenschaft, dem Stolz, der Bosheit, dem Hass, dem Neid, der Frömmelei und der Selbstsucht entspringen, in unserem Namen begehen und die uns und allen Freunden und Verwandten so fremd sind, als ob sie nie gelebt hätten. Denke daran und laste ihr Tun ihnen selbst, nicht uns an.«

Scrooge versprach es, und sie gingen, unsichtbar wie zuvor, in die Vororte der Stadt. Es war eine bemerkenswerte Eigenschaft des Geistes (die Scrooge beim Bäcker erkannt hatte), dass er sich trotz seines Riesenwuchses mit Leichtigkeit jedem Ort anpassen konnte und dass er unter einem niedrigen Dach ebenso anmutig und als übernatürliches Wesen dastand, wie er es in einer hohen Halle auch gekonnt hätte.

Vielleicht war es das Vergnügen, das der gute Geist daran hatte, seine Macht zu beweisen, oder aber sein freundliches, großzügiges und herzliches Wesen sowie sein Mitgefühl mit allen Armen, das ihn direkt zu Scrooges Angestellten führte, denn dorthin ging er und nahm Scrooge mit, der sich an seinem Umhang festhielt. Auf der Türschwelle blieb der Geist lächelnd stehen, um Bob Cratchits Wohnung mit den Tropfen seiner Fackel zu segnen. Man bedenke! Bob bekam nur fünfzehn »Bob« (Schilling) die Woche; an jedem Sonnabend steckte er nur fünfzehn Kopien seines Vornamens ein. Und trotzdem segnete der Geist der diesjährigen Weihnacht sein Vierzimmerhaus! Dann erschien Mrs. Cratchit, Cratchits Frau, herausgeputzt in einem schon zweimal gewendeten Kleid, das aber reich mit Borten verziert war, die billig sind und für sechs Pence viel hermachen. Sie deckte den Tisch, unterstützt von Belinda Cratchit, der zweitältesten Tochter, die ebenfalls reich mit Borten geschmückt war. Inzwischen stach Master Peter Cratchit mit einer Gabel in den Kartoffeltopf, und als er die Ecken seines riesigen Kragens (Bobs persönliches Eigentum, das er zu Ehren dieses Tages seinem Sohn und Erben überlassen hatte) in den Mund bekam, freute er sich darüber, so prächtig herausgeputzt zu sein, und sehnte sich danach, sein Hemd in den vornehmen Parks zu zeigen. Und nun kamen zwei jüngere Cratchits, ein Junge und ein Mädchen, hereingestürmt und schrien, sie hätten vor dem Bäckerladen die Gans gerochen und als ihre erkannt. Sie schwelgten in dem Gedanken an Salbeiblätter mit Zwiebeln, tanzten um den Tisch herum und himmelten Master Peter Cratchit an, während dieser (gar nicht stolz, obwohl ihn der Kragen fast erwürgte) das Feuer anfachte, bis die trägen Kartoffeln brodelten und laut an den Topfdeckel klopften, um herausgenommen und gepellt zu werden. »Wo bleibt nur euer lieber Vater?«, sagte Mrs. Cratchit. »Und euer

Bruder, Klein Tim? Und kam Martha letztes Jahr zu Weihnachten nicht auch eine halbe Stunde zu spät?«

»Hier ist Martha, Mutter!«, sagte ein Mädchen, das bei diesen Worten eintrat.

»Hier ist Martha, Mutter!«, riefen die beiden jüngeren Cratchits. »Hurra, wir haben so eine Gans, Martha!«

»Warum in Gottes Namen kommst du nur so spät, mein liebes Kind?«, sagte Mrs. Cratchit, küsste sie ein Dutzend Mal und nahm ihr mit geschäftigem Eifer Schal und Häubchen ab.

»Wir hatten gestern Abend noch so viel fertig zu machen«, erwiderte das Mädchen, »und mussten heute früh aufräumen, Mutter!«

»Na, das macht nichts, nun bist du ja da«, sagte Mrs. Cratchit. »Setz dich ans Feuer, mein Liebes, und wärm dich auf. Gott sei mit dir!«

»Nein, nein! Vater kommt!«, riefen die beiden jüngeren Cratchits, die immer überall waren. »Versteck dich, Martha, versteck dich!«

Martha versteckte sich auch, und herein kam der kleine Bob, der Vater, dem mindestens drei Fuß seines Wollschals, die Fransen nicht gerechnet, vom Hals herabhingen. Seine fadenscheinige Kleidung war gestopft und gebürstet worden, damit sie feiertäglich aussähe. Auf seinen Schultern saß der kleine Tim. Armer kleiner Tim! Er trug eine winzige Krücke und seine Gliedmaßen wurden von Eisenschienen gestützt.

»Nun, wo ist denn unsere Martha?«, rief Bob Cratchit und schaute sich um. »Kommt nicht!«, sagte Mrs. Cratchit.

»Kommt nicht?«, sagte Bob, und seine gehobene Stimmung sank plötzlich, denn er war den ganzen Weg von der Kirche her Tims Vollblutpferd gewesen und nach Hause getrabt. »Kommt nicht zu Weihnachten?« Martha mochte ihn nicht so enttäuscht sehen, auch wenn es nur ein Scherz war. Darum kam sie vorzeitig hinter der Kammertür hervor und rannte in seine Arme, während die beiden jüngeren Cratchits den kleinen Tim drängten und ihn ins Waschhaus trugen, damit er den Pudding im Kessel singen hörte.

»Und wie hat sich Tim benommen?«, fragte Mrs. Cratchit, nachdem sie Bob wegen seiner Leichtgläubigkeit aufgezogen und Bob seine Tochter nach Herzenslust liebkost hatte.

»Sehr brav und besser«, sagte Bob. »Irgendwie wird er nachdenklich, weil er so viel allein sitzt, und denkt sich die seltsamsten Sachen aus, die man je gehört hat. Auf dem Heimweg sagte er zu mir, er hoffe, dass ihn die Leute in der Kirche gesehen haben, weil er ein Krüppel ist und es für sie gut sei, sich am Weihnachtstag an den zu erinnern, der Lahme gehen und Blinde sehen gemacht hat.« Bobs Stimme zitterte, als er ihnen das erzählte, und zitterte noch mehr, als er sagte, dass der kleine Tim allmählich stark und kräftig werde.

Seine kleine Krücke war auf dem Flur zu hören, und noch ehe ein weiteres Wort gesprochen wurde, kam Tim zurück und wurde von den Geschwistern zu seinem Schemel vor dem Fenster geleitet, und während Bob sich die Ärmel hochkrempelte – als ob sie, armer Kerl!, noch schäbiger werden könnten – und in einem Krug ein heißes Getränk aus Gin und Zitronen zusammenbraute, es eifrig umrührte und zum Aufkochen auf den Kaminsatz stellte, gingen Master Peter und die beiden überall zu findenden Cratchits die Gans holen, mit der sie bald in feierlichem Zug zurückkehrten. Es entstand ein solcher Tumult, dass man hätte meinen können, eine Gans sei der seltenste aller Vögel, ein gefiedertes Wunder, gegen das ein schwarzer

Schwan eine Selbstverständlichkeit sei – und in Wirklichkeit war sie auch so etwas in diesem Haus. Mrs. Cratchit machte die Bratensoße (die in einem Töpfchen vorher zubereitet worden war) kochend heiß; Master Peter stampfte die Kartoffeln mit unglaublicher Kraft; Miss Belinda süßte die Apfelsoße; Martha wischte die angewärmten Teller ab; Bob setzte den kleinen Tim neben sich an ein Eckchen des Tisches; die beiden jüngeren Cratchits stellten für jeden einen Stuhl hin, wobei sie sich selbst nicht vergaßen und auf ihren Posten Wache bezogen; sie stopften sich Löffel in den Mund, damit sie nicht nach der Gans schreien konnten, bevor sie beim Austeilen an die Reihe kamen. Endlich wurde aufgetragen und das Tischgebet gesprochen. Ihm folgte eine atemlose Pause, als Mrs. Cratchit bedächtig am Tranchiermesser entlangsah und sich anschickte, es in die Gänsebrust zu stoßen. Aber als sie es tat und die lang erwartete Füllung hervorquoll, entstand rings um die Tafel ein Gemurmel des Entzückens, und selbst der kleine Tim hieb, von den beiden jüngeren Cratchits angesteckt, mit dem Griff seines Messers auf den Tisch und rief ein schwaches Hurra. Noch nie hatte es solch eine Gans gegeben! Bob sagte, er glaube nicht, dass jemals so eine Gans gebraten worden sei. Ihre Zartheit und Schmackhaftigkeit, ihre Größe und Preiswertigkeit waren der Gegenstand allgemeiner Bewunderung. Durch Apfelsoße und Stampfkartoffeln ergänzt, ergab sie eine ausreichende Mahlzeit für die ganze Familie; sie hatten sie, wie Mrs. Cratchit entzückt feststellte (als sie die Andeutung! eines Knochens auf der Platte liegen sah), noch nicht einmal vollständig aufgegessen! Doch jeder hatte genug bekommen, und besonders die beiden jüngeren Cratchits steckten bis über die Ohren in Salbeiblättern und Zwiebeln. Doch nun, während Miss Belinda die Teller auswechselte, verließ Mrs. Cratchit allein das Zimmer – zu aufgeregt, Zeugen zu ertragen –, um den Pudding hereinzuholen. Angenommen, er wäre noch nicht gar! Angenommen, er zerbräche beim Herausnehmen. Angenommen, jemand wäre über die Mauer des hinteren Gartens geklettert und hätte ihn gestohlen, während sie fröhlich beim Gänsebraten saßen – eine Vorstellung, bei der die beiden jüngeren Cratchits aschfahl wurden! Alles mögliche Schreckliche wurde angenommen. Hallo! Eine Menge Dampf! Der Pudding war aus dem Kessel heraus. Es roch wie an einem Waschtag! Das war das Tuch. Ein Geruch wie in einem Speisehaus mit danebenliegender Pastetenbäckerei und Wäscherei. Das war der Pudding! Eine halbe Minute später kam Mrs. Cratchit – vor Erregung rot, doch stolz lächelnd – mit dem Pudding herein, der gesprenkelt wie eine Kanonenkugel aussah, hart und fest war, von den Flammen eines zweiunddreißigstel Liters Brandy umzüngelt und oben mit einem weihnachtlichen Stechpalmenzweig geschmückt. Oh, ein herrlicher Pudding!

Bob sagte gelassen, dass er ihn als Mrs. Cratchits größten Erfolg seit ihrer Heirat ansähe. Mrs. Cratchit sagte, dass ihr ein Stein vom Herzen fiele, denn sie müsse zugeben, dass sie ihre Zweifel wegen der Menge des Mehls gehabt habe. Jeder hatte etwas dazu zu sagen, niemand aber sagte oder dachte, dass der Pudding für eine große Familie zu klein war. Das wäre glatte Ketzerei gewesen. Jeder Cratchit wäre vor Scham rot geworden, wenn er so etwas auch nur angedeutet hätte.

Endlich war die Mahlzeit beendet, der Tisch abgeräumt, der Herd gefegt und das Feuer geschürt. Als man das Gebräu im Krug gekostet und für vollendet befunden hatte, wurden Äpfel und Apfelsinen auf den Tisch gestellt und eine Schaufel voll Kastanien ins Feuer geschüttet. Dann setzte sich die ganze Familie Cratchit um den Herd – im Kreis, wie es Bob Cratchit nannte und womit er einen Halbkreis meinte –, und an Bob Cratchits Seite stand der Gläserreichtum der Familie: zwei Wassergläser und ein Soßenkännchen ohne Henkel. Diese jedoch fassten den Trunk aus dem Krug ebenso gut, wie es goldene Becher getan hätten, und Bob schenkte ihn mit strahlenden Augen ein, während die Kastanien im Feuer sprühten und laut krachten. Dann brachte Bob den Trinkspruch aus: »Frohe Weihnachten uns allen, meine Lieben. Gott segne uns!«

Gibt es einen Weihnachtsmann?

Die achtjährige Virginia O'Hanlon aus New York wollte es ganz genau wissen. Darum schrieb sie an die Tageszeitung »Sun« einen Brief:

»Ich bin acht Jahre alt.
Einige von meinen Freunden
sagen, es gibt keinen
Weihnachtsmann.
Papa sagt, was in der
›Sun‹ steht, ist immer wahr.
Bitte, sagen Sie mir:
Gibt es einen
Weihnachtsmann?«

Virginia O'Hanlon

Die Sache war dem Chefredakteur Francis Church so wichtig, dass er selber antwortete – auf der Titelseite der »Sun«:

»Virginia,
deine kleinen Freunde haben nicht recht. Sie glauben nur, was sie sehen; sie glauben, dass es nicht geben kann, was sie mit ihrem kleinen Geist nicht erfassen können. Aller Menschengeist ist klein, ob er nun einem Erwachsenen oder einem Kind gehört. Im Weltall verliert er sich wie ein winziges Insekt. Solcher Ameisenverstand reicht nicht aus, die ganze Wahrheit zu erfassen und zu begreifen. Ja, Virginia, es gibt einen Weihnachtsmann. Es gibt ihn so gewiss wie die Liebe und Großherzigkeit und Treue. Weil es all das gibt, kann unser Leben schön und heiter sein. Wie dunkel wäre die Welt, wenn es keinen Weihnachtsmann gäbe!

Es gäbe dann auch keine Virginia, keinen Glauben, keine Poesie – gar nichts, was das Leben erst erträglich macht. Ein Flackerrest an sichtbarem Schönen bliebe übrig. Aber das Licht der Kindheit, das die Welt ausstrahlt, müsste verlöschen. Es gibt einen Weihnachtsmann, sonst könntest Du auch den Märchen nicht glauben. Gewiss, Du könntest Deinen Papa bitten, er solle am Heiligen Abend Leute ausschicken, den Weihnachtsmann zu fangen. Und keiner von ihnen bekäme den Weihnachtsmann zu Gesicht – was würde das beweisen? Kein Mensch sieht ihn einfach so. Das beweist gar nichts. Die wichtigsten Dinge bleiben meistens unsichtbar.

Die Elfen zum Beispiel, wenn sie auf Mondwiesen tanzen. Trotzdem gibt es sie. All die Wunder zu denken – geschweige denn, sie zu sehen –, das vermag nicht der Klügste auf der Welt. Was Du auch siehst, Du siehst nie alles. Du kannst ein

Kaleidoskop aufbrechen und nach den schönen Farbfiguren suchen. Du wirst einige bunte Scherben finden, nichts weiter. Warum? Weil es einen Schleier gibt, der die wahre Welt verhüllt, einen Schleier, den nicht einmal alle Gewalt auf der Welt zerreißen kann. Nur Glaube und Poesie und Liebe können ihn lüften. Dann werden die Schönheit und Herrlichkeit dahinter auf einmal zu erkennen sein. ›Ist das denn auch wahr?‹, kannst Du fragen. Virginia, nichts auf der ganzen Welt ist wahrer und nichts beständiger. Der Weihnachtsmann lebt, und ewig wird er leben. Sogar in zehnmal zehntausend Jahren wird er da sein, um Kinder wie Dich und jedes offene Herz mit Freude zu erfüllen.«

Frohe Weihnacht, Virginia.

Dein Francis P. Church

Der Briefwechsel zwischen Virginia O'Hanlon und Francis P. Church stammt aus dem Jahr 1897. Er wurde über ein halbes Jahrhundert bis zur Einstellung der »Sun« 1950 in den USA alle Jahre zur Weihnachtszeit auf der Titelseite abgedruckt.

FANNY LEWALD
Adele

Je näher die Zeit des Weihnachtsfestes heranrückte, desto verlassener kam sich Adele vor. Sie hatte sonst wohl den Heiligen Abend in einer befreundeten Familie zugebracht, diesmal mochte sie sich nicht dazu entschließen. Wenn alle dort so froh waren, wenn jeder sich mit seiner Freude so naturgemäß auf seine Blutsverwandten angewiesen fühlte, dann fand sie sich erst völlig dort verwaist. War sie allein, so brauchte sie wenigstens keine Freude zu heucheln, so blieb ihr doch die Freiheit, sich unglücklich zu fühlen.

Am Morgen des Heiligen Abends war das Wetter schlecht. Adele ging aus, einige Einkäufe zu machen, da sie seit Jahren eine arme Witwe und deren Kinder zu beschenken pflegte, und obschon sie ihnen sonst ihre Gaben stets ins Haus getragen hatte, kam ihr diesmal der Gedanke, bei sich den Aufbau zu veranstalten. Es war nicht eine besondere Liebe für die Leute, welche sie zu dieser Änderung antrieb, sondern eine nun doch plötzlich wieder erwachende und unbestimmte Scheu vor der Einsamkeit am Weihnachtsabende. Sie kaufte einen kleinen Tannenbaum, Äpfel, Nüsse, Honigkuchen, Lichter, und der Tag ging ihr damit hin, den Baum zu schmücken. Am Nachmittage deckte sie den Weihnachtstisch, setzte den fertigen Baum hinauf, legte für die Witwe und die Kinder die Geschenke hin, und wie sie nun dastand und alles fertig hatte und sich daran erfreuen wollte, da fiel eine herzbeklemmende Traurigkeit auf sie hernieder.

Es dünkte sie so hart, dass sie sich die Freude erkaufen wollte für den Abend, dass sie sich fremde Menschen suchen musste, denen sie sich ein Liebes tun konnte, dass niemand da war, zu dem sie hingehörte, an den eine Pflicht, ein dauerndes Band der Liebe oder der Verwandtschaft sie natürlich fesselte. Sie saß am Fenster und sah hinaus. Schnee und Regen trieben durch die nassen Straßen, aber die Menschen schienen des Unwetters kaum zu achten. Jeder eilte, denn ihm stand eine Freude in Aussicht, jeder hastete sich vorwärts. Hier trugen Handwerker kostbare Gegenstände, wohl verhüllt, an den Ort ihrer Bestimmung, dort ging ein junges Ehepaar, mit Steckenpferden und Trommeln und Puppen beladen, lachend seiner Wohnung zu, dort wieder brachte ein Mann aus niederem Stande die kleine Pyramide fröhlich heim, sich die bescheidene Dachstube festlich damit zu erhellen.

Und Adele saß und saß und sah hinaus, bis es ganz dunkel wurde. Sie konnte ihrer Traurigkeit nicht Meister werden, ihr graute zuletzt fast davor, sich ihre Einsamkeit zu beleuchten, wie sie's nannte. Indes, als die Glocke dem nahen Turme halb sechs schlug, durfte sie nicht länger säumen. Um sechs Uhr sollten ihre Gäste da sein.

Sie erhob sich und ließ sich Licht ins Zimmer bringen. Da eben, als sie die Vorhänge herunterließ, klopfte es an ihre Tür. »Sollten die Kinder mich falsch verstanden haben«, dachte sie, »und jetzt schon kommen?« – Sie mochte nicht hereinrufen, um den Kleinen nicht vorzeitig den Anblick des Baumes zu gewähren, sondern ging, um nachzusehen, wer da pochte.

Ein Mann stand im Vorzimmer, dicht vor der Tür. Er war fest in einen großen Mantel eingewickelt, eine alte Reisemütze ging ihm tief auf Stirn und Nacken herab. Adele trat zurück, der Mann trat näher, ein Lichtstrahl aus dem Zimmer streifte sein Gesicht, und mit dem Ausdruck der höchsten freudigen Überraschung rief Adele: »Mein Gott! Samuel, wo kommen Sie denn her? Ich kannte Sie gar nicht …«

»In dem großen Mantel!«, fiel er ihr ins Wort. »Ja, ohne den reise ich nun einmal nicht wieder, nach dem Elende im Frühjahr.«

»Aber wo kommen Sie denn her in dieser Jahreszeit?«, fragte Adele nochmals, während sie ihm mit eiliger Hand Mantel und Mütze abnehmen half und im Vorzimmer an einen Haken hängte.

»Ich hatte hier zu tun«, antwortete er, »und wollte die Feiertage dazu benutzen, in denen ich zu Hause doch nichts machen kann. Übermorgen Abend will ich wieder fort.« Er sprach die Unwahrheit, aber er sprach sie so natürlich, dass Adele es für Wahrheit nehmen musste. Sie fühlte sich enttäuscht und schämte sich des Entzückens, mit dem sie ihn empfangen hatte. Das machte sie plötzlich still. »Treten Sie doch ein!«, bat sie mit merklich verändertem Tone, indem sie die Tür zu ihrer Stube öffnete. Sie standen vor dem Weihnachtstische. »Ich habe auch meine Bescherung hier! Sie kommen grade noch zur Zeit!«, bemerkte sie.

»Ich sehe!«, antwortete er; aber auch er fand sich in seinen Erwartungen betrogen. Er hatte darauf gerechnet, Adele allein zu finden, nun sah er den aufgeputzten Weihnachtstisch, und mit einer unverkennbaren Befangenheit sagte er: »Sie erwarten Gäste, Freunde, ich störe Sie wahrscheinlich. Ich wäre nicht gekommen, hätte ich das vorausgesehen.« Adele versicherte ihm das sei nicht der Fall, es käme nur eine Witwe mit ihren Kindern zu ihr; er sei ihr sehr willkommen, nur müsse er ihr gestatten, sich jetzt noch mit dem Baume zu beschäftigen, da sie die Kinder auf der Treppe höre. Er bat sie, sich durch seine Anwesenheit nicht abhalten zu lassen, und setzte sich ruhig auf das Sofa nieder; aber beiden war die ganze Szene unbehaglich. Er sah ihr zu, wie sie die Lichter anzündete, wie sie nochmals alles auf den rechten Platz schob; er half ihr auch zuletzt dabei, er besah die Sachen, weil sie ihm dieselben zeigen wollte, er nahm sogar die Klingel und gab das Zeichen zur vollendeten Bescherung, da Adele ihn klingeln hieß; aber es ging ihm alles nicht von Herzen. (…) Adele merkte seine Ungeduld, seinen Missmut, und grade darum beschäftigte sie sich doppelt liebreich mit der Mutter und mit ihren Kindern. Es war ihr, als werde die Weihnachtsgabe wertlos, als verliere sie ihre ganze Bedeutung, wenn der Gebende nicht mit ganzem Herzen bei dem Feste sei; und als müsse sie die Teilnahmslosigkeit des Vetters zu ersetzen suchen, so ausschließlich überließ sie sich den Kleinen. (…) Endlich, nach einer Stunde, schickte die Witwe sich zum Aufbruch an. Adele und ihr Mädchen packten für sie die Sachen in einen Korb zusammen, die letzten Nüsse und Äpfel wurden vom Baume abgenommen, die Mutter und die Kinder dankten und dankten wieder, Adele küsste die Kleinen noch, und nun sollten sie denn fort. Als die Witwe an der Tür war, ging Samuel an sie heran und drückte ihr etwas in die Hand.

Sie starrte es sprachlos an, es war ein Goldstück; aber er schob sie fast mit Gewalt hinaus, er mochte ihren Dank nicht hören, war's ihm doch, als habe er's ihr nur gegeben vor Freude, dass sie endlich gehen, dass die Cousine nun endlich frei sein würde. Daran war jedoch noch lange nicht zu denken. Zwar wendete Adele sich jetzt zu ihm und setzte sich mit ihm auf das Sofa, indes das Mädchen ging im Zimmer hin und wieder, die Lichter des Baumes auszulöschen, die gestörte Ordnung herzustellen. Er hätte auch ihr gern ein Goldstück geben mögen, wäre sie nur fortgeblieben. Adele erzählte ihm währenddessen die Geschichte jener Witwe und schilderte ihm den hilflosen Zustand, in welchem sie dieselbe einst gefunden hatte. Er musste zugeben, die Geschichte war sehr traurig und sehr rührend, indes was kümmerte sie ihn denn grade jetzt?

Als endlich, endlich nun alles fortgeräumt war und nur noch der leere Baum auf dem Tische in des Zimmers Mitte stand, als der Tee vor ihnen aufgetragen worden und das Mädchen sich entfernt hatte, atmete Samuel auf. Nun waren sie doch wenigstens allein; aber es war, als solle ihm heute einmal gar nichts helfen, nichts nach Wunsche gehen.

Adele hatte sich so sehr in die Not und das Elend hineingesprochen, denen sie unter den arbeitenden Ständen begegnet war, dass es schien, als habe sie in diesem Augenblicke kein anderes Interesse als eben dies allein. Samuel verwünschte all die Krankheiten und all den Mangel, obschon er nur mit halbem Ohre darauf hörte, bis in ihm mit einem Male der Gedanke aufstieg und sich befestigte, Adele wolle ihn nicht zu Worte, nicht zu einer Erklärung kommen lassen. Denn dass er in dieser Jahreszeit nicht um der Geschäfte willen nach Berlin gegangen, dass er zu ihr gekommen, dass er um ihretwegen da sei, das wenigstens musste sie doch einsehen, wie er meinte. Er verstand sich wenig auf die Frauen, er merkte nicht, wie ängstlich Adele sich an ihren Erzählungen festhielt, um keinen anderen Gedanken in sich aufkommen zu lassen, um nicht in helle Tränen auszubrechen. Ein alter Liebender schreckt von Hindernissen zurück, die ein Jüngling in seiner Sicherheit kaum merken würde; aber die Leichtigkeit des Liebeforderns und -gewinnens ist eben auch nur ein Vorrecht der jugendlichen Zuversicht zum Leben. Darüber ging der Abend hin. Je länger sie beisammensaßen, je mehr vertieften sie sich in Dinge, die ihnen nicht im Entferntesten am Herzen lagen, bis es beiden fast unaushaltbar wurde und Samuel im Gefühle seines Unbehagens sagte, wenn er morgen sein Geschäft beenden könne, so reise er vielleicht schon morgen Abend wieder fort.

»O!«, dachte Adele ärgerlich. »Wenn er reisen will, so mag er gehen; er hat ja doch empfinden müssen, wie seine Ankunft mich erfreute!« – Aber sie sprach auch das nicht aus, sondern bemerkte vielmehr ruhig, im Winter sei man zu Hause allerdings viel besser aufgehoben als im besten Gasthof.

»Und doch reisen grade in der Weihnachtszeit so viele!«, sagte Samuel.

»Ja, zu ihren Familien!«, entgegnete Adele.

»Seit dem letzten Weihnachtsabend in Ihrem Vaterhause habe ich nie wieder einen Weihnachtsbaum gehabt, war ich jedes Weihnachten allein!«, erzählte er.

»Das ist traurig«, antwortete sie, »indes nach meiner Mutter Tode habe ich auch nie wieder ein frohes Weihnachtsfest erlebt. Man ist so überflüssig an dem Tage im Kreise einer fremden, in sich zufriedenen Familie.« Samuel nickte zustimmend. »Es war eigentlich eine Selbsthilfe«, fuhr sie fort, »dass ich heute

hier den Baum aufbaute; ich tat es auch zum ersten Male.«
Er gab ihr keine Antwort. Aufgestützt saß er neben ihr und
sah gedankenvoll vor sich nieder. So hatten sie schon manch
liebes Mal nebeneinandergesessen, und immer, immer hatte
ein unerklärliches Etwas zwischen ihnen gestanden und sie
voneinandergehalten. Es musste doch einen Namen haben,
musste doch zu bannen sein, dachte sich Adele. Sollten sie
denn beide darum ihr Leben ganz verlieren?

»Cousin!«, fing sie mit einem Male lebhaft an und wusste doch
nicht gleich das rechte Wort zu finden.

Er fuhr aus seinem Sinnen auf, und fast erschrocken über ihren
Ausruf fragte er: »Was wünschen Sie, Cousine?«

»Samuel«, fing sie wieder an, »es ist merkwürdig, dass …«

»Was denn?«, unterbrach er sie.

Die Zwischenfrage störte ihren ganzen Vorsatz, und ungeduldig
rief sie: »O, es ist aber doch zu dumm!«

Er sah sie verwundert an. Ihre Wangen waren rot vor Aufregung,
ihre Stimme schwankte, die Tränen traten ihr in die Augen.

»Was ist zu dumm?«, wiederholte er, und mit einer ungewohnten
Heftigkeit stieß sie die Worte hervor: »Es ist doch gar zu dumm,
dass ich mit meinen dreiunddreißig Jahren einem Manne eine
Liebeserklärung machen soll!« Samuel sah sie groß an. Sie war
aufgestanden, er tat es auch.

»Ich weiß nicht«, sagte er und stockte.

»Sie wissen nicht?«, sprach Adele. »Sie wissen noch nicht, dass
wir uns doch endlich heiraten müssen?«

»Adele!«, rief Samuel. »Was sagen Sie? – Sie wollen mich also
haben? Mich?«

»Aber um Gottes willen, wen denn sonst?«, entgegnete Adele,
und während ihr Mund lachte, stürzten ihr die großen Tränen

aus den Augen. »Ich hab's genug gebüßt, dass ich Sie einst verschmähte!«

»Ist's möglich!«, rief er und griff in seiner Verwirrung nach der Dose, um sie gleich wieder erschrocken einzustecken. Er stand ihr immer noch gegenüber und sah sie mit staunendem, ungläubigem Blicke an. Mit einem Male ging er zu ihr und erfasste ihre beiden Hände. »Mich wollen Sie heiraten? Mich?«, fragte er, und ohne ihre Antwort abzuwarten, fuhr er fort: »Sehen Sie, Adele! Ich bin ein alter Junggeselle, ich bin grämlich, Sie haben es ja selbst erfahren im Sommer und auch heute wieder. Ich quäle die Menschen, ich quäle mich auch selber. Ich habe so üble Angewohnheiten, ich kann nicht leben ohne meine Pfeife und meine Dose und meine Vögel und …«

»Nicht ohne Ihren alten Mantel!«, lachte Adele.

»Nein, auch nicht ohne den alten Mantel!«, sprach er ihr nach. »Es ist eben auch nichts mit mir zu machen, keine Ehre mit mir einzulegen, ich bin altmodisch geworden und verknöchert in der langen Einsamkeit, das weiß ich alles, alles! – Und doch«, rief er, »wenn ich es glauben dürfte, wenn es wahr wäre und Sie könnten mich lieben, jetzt, so alt, so grämlich wie ich bin …«, er hielt inne. »Ach, Adele!«, rief er, »ich wollte ein Weib, das mich liebte, auf meinen Händen tragen! Ich …«

Sie ließ ihn nicht weitersprechen. »Vergib mir! Vergib mir!«,- sagte sie weinend. »Ich will vergüten, was ich dir und mir so lange an Glück geraubt!«

Er breitete die Arme aus, sie legte sich still an sein Herz. So hielt er sie lange wortlos umfangen. Mit einem Male hob er ihren Kopf in die Höhe und sagte: »Und mit allen meinen Fehlern und Gewohnheiten willst du mich haben?«

»Mit allen, allen!«

»Und du – des Dichters Genius«, fragte er weiter, »du wolltest herabsteigen von deiner Höhe, in das Haus eines gewöhnlichen Mannes, um ...«

»Um der gute Geist deines Hauses und deines Lebens zu werden!«, sprach sie mit einer Wahrheit und einer Hingebung, die ihm das Herz erschütterten und erwärmten.

»Nun!«, rief er und seine Worte klangen wie ein Gebet, »so sei denn aller Segen des Lebens mit uns in dieser Stunde und möge jeder Weihnachtsabend uns fortan zu einer immer neuen Liebesweihe werden.«

Als die erste Erschütterung überwunden war und Adele sich von seiner Brust erhob, sah sie nach dem Weihnachtsbaume hinauf: »O!«, rief sie. »Der soll jetzt noch einmal leuchten! Und hell leuchten! Dir und mir!« Und mit eiliger Hand zündete sie schnell die Kerzen alle wieder an. Als die Lichter brannten und sie Hand in Hand wie Kinder und doch die Seele voll von Erinnerung und Hoffnung, voll von vergangenem Schmerz und voll von froher Liebe, vor dem Baume standen, schien Samuel plötzlich ein Gedanke zu kommen. Er streifte einen Ring vom kleinen Finger, es war der schlichte Trauring seiner Mutter. Den legte er still nieder auf den Tisch. »Sieh!«, sagte er. »Es ist alles, was ich heute für dich habe, aber alle meine Liebe hängt daran, und den nächsten Weihnachtsabend ...«

»Den feiern wir bei dir, in deinem – nein, in unserem Hause!«, rief Adele und umschlang den treuen Mann. Und so geschah's! Der alte Junggeselle wurde ein glücklicher Gatte, des Dichters Genius ein liebevolles Weib, und jeder Weihnachtsabend ist ihnen seitdem noch eine freudige Erinnerung gewesen an die Befreiung und Erfüllung ihrer Liebe und ihres Lebens, wie er es allen treuen Herzen werden möge!

OSCAR WILDE
Der eigensüchtige Riese

An jedem Nachmittag, wenn die Kinder aus der Schule kamen, gingen sie in den Garten des Riesen und spielten da. Es war ein großer, hübscher Garten mit weichem, grünem Gras. Hier und da auf dem Rasen standen schöne Blumen wie Sterne, und da waren auch zwölf Pfirsichbäume, die im Frühling zartrosa und perlweiß blühten und im Herbst reiche Frucht trugen. Die Vögel saßen auf den Bäumen und sangen so süß, dass die Kinder immer wieder in ihren Spielen innehielten, um zu lauschen. »Wie glücklich wir hier doch sind!«, riefen sie einander zu. Eines Tages kam der Riese nach Hause. Er war auf Besuch bei seinem Freund, dem gehörnten Menschenfresser, gewesen und sieben Jahre bei ihm geblieben. Als die sieben Jahre um waren, war alles gesagt, was er ihm zu sagen hatte, denn sein Gesprächsstoff war sehr beschränkt, und so beschloss er, auf sein eigenes Schloss zurückzukehren. Als er nach Hause kam, sah er die Kinder in seinem Garten spielen. »Was tut ihr hier?«, rief er sehr mürrisch, und die Kinder liefen weg. »Mein Garten, das ist mein Garten«, sagte der Riese, »das sieht jeder ein. Und ich erlaube niemandem sonst, darin zu spielen, als mir selber.« Also baute er eine mächtige Mauer ringsum und stellte eine Warntafel auf:

**UNBEFUGTES BETRETEN
DIESES GRUNDSTÜCKES
IST BEI STRAFE VERBOTEN!**

Es war ein sehr eigensüchtiger Riese. Die armen Kinder hatten jetzt nichts mehr, wo sie spielen konnten. Sie versuchten es auf der Landstraße, aber die Landstraße war sehr staubig und steinig, und sie mochten sie nicht leiden. So gingen sie also, wenn die Schule aus war, um die große Mauer herum und sprachen von dem schönen Garten dahinter. »Wie glücklich waren wir da«, sagten sie zueinander. Dann kam der Frühling und über der ganzen Gegend waren kleine Blüten und Vögel. Bloß in dem Garten des eigensüchtigen Riesen blieb es Winter. Die Vögel machten sich nichts daraus, darin zu singen, weil keine Kinder da waren, und die Bäume vergaßen zu blühen. Einmal steckte eine schöne Blume ihr Köpfchen aus dem Gras hervor, aber als sie die Warntafel sah, war sie so betrübt um die Kinder, dass sie wieder in den Boden hineinschlüpfte und weiterschlief. Die einzigen Leute, die sich freuten, waren der Schnee und der Frost. »Der Frühling hat diesen Garten vergessen«, riefen sie, »so wollen wir hier das ganze Jahr hindurch leben.« Der Schnee bedeckte das Gras mit seinem großen weißen Mantel und der Frost bemalte alle Bäume silberweiß. Dann luden sie den Nordwind ein, bei ihnen zu wohnen, und er kam. Er war in Pelze ganz eingehüllt und brüllte den ganzen Tag durch den Garten und blies die Schornsteine herunter.

»Das ist ein ganz herrlicher Platz«, sagte er, »wir müssen den Hagel auf eine Visite bitten.« Und so kam der Hagel. Jeden Tag prasselte er drei Stunden lang auf das Schlossdach herunter, bis er fast alle Schieferplatten zerbrochen hatte, und dann lief er rund um den Garten, so schnell er konnte. Er war ganz grau angezogen und sein Atem war wie Eis.

»Ich versteh nicht, warum der Frühling so spät kommt«, sagte der eigensüchtige Riese, als er am Fenster saß und auf seinen kalten, weißen Garten hinuntersah. »Ich hoffe, das Wetter ändert sich bald.« Aber der Frühling kam nie und auch nicht der Sommer. Der Herbst gab jedem Garten goldene Früchte, aber dem Garten des Riesen gab er keine. »Er ist zu eigensüchtig«, sagte der Herbst.

So war es da immer Winter, und der Nordwind und der Hagel und der Frost und der Schnee tanzten um die Bäume. Eines Morgens lag der Riese wach im Bette, als er eine liebliche Musik vernahm. Es klang so süß an seine Ohren, dass er dachte, die Musikanten des Königs zögen vorüber. Aber es war bloß ein kleiner Hänfling, der vor seinem Fenster sang; nur hatte er so lange keinen Vogel mehr in seinem Garten singen hören, dass es ihm wie die schönste Musik in der Welt vorkam. Da hörte der Hagel auf, über seinem Kopf zu tanzen, und der Nordwind zu blasen, und ein köstlicher Duft kam zu ihm durch den geöffneten Fensterflügel.

»Ich glaube, der Frühling ist endlich gekommen«, sagte der Riese und er sprang aus dem Bett und schaute hinaus. Und was sah er? Er sah etwas ganz Wunderbares. Durch ein kleines Loch in der Mauer waren die Kinder hereingekrochen und saßen in den Zweigen der Bäume. In jedem Baum, den er sehen konnte, saß ein kleines Kind. Und die Bäume waren so froh, die Kinder wieder bei sich zu haben, dass sie sich ganz mit Blüten bedeckt hatten und ihre Arme anmutig über den Köpfen der Kinder bewegten. Die Vögel flogen umher und zwitscherten vor Entzücken, und die Blumen guckten aus dem grünen Gras hervor und lachten. Es war entzückend anzusehen, und nur in einem Winkel war es noch Winter, und dort stand ein kleiner Junge. Er war so klein, dass er nicht an die Äste hinaufreichen konnte, und er lief immer um den Baum herum und weinte bitterlich. Der arme Baum war noch ganz bedeckt mit Frost und Schnee, und der Nordwind blies und heulte über ihm. »Klettere herauf, kleiner Junge«, sagte der Baum und senkte seine Äste so tief er konnte, aber der Junge war zu klein. Da wurde des Riesen Herz weich, als er das sah. »Wie eigensüchtig ich doch war!«, sagte er. »Jetzt weiß ich, weshalb der Frühling nicht hierher kommen wollte. Ich will dem armen kleinen Jungen auf den Baumwipfel helfen, und dann will ich die Mauer umwerfen, und mein Garten soll für alle Zeit der Spielplatz der Kinder sein.« Er war wirklich sehr betrübt über das, was er getan hatte.

So schlich er hinunter und öffnete ganz leise das Tor und trat in den Garten. Aber als die Kinder ihn sahen, erschraken sie so, dass sie alle wegliefen, und im Garten wurde es wieder Winter. Bloß der kleine Junge lief nicht weg, denn seine Augen waren so voll Tränen, dass er den Riesen nicht kommen sah. Und der Riese kam leise hinter ihm heran, nahm ihn zärtlich bei der Hand und setzte ihn hinauf in den Baum. Und sogleich fing der Baum zu blühen an und die Vögel sangen in ihm, und der kleine Junge breitete seine Ärmchen aus, schlang sie um den Hals des Riesen und küsste ihn auf den Mund. Und wie die anderen Kinder sahen, dass der Riese nicht mehr böse war, kamen sie schnell zurückgelaufen, und mit ihnen kam auch der Frühling. »Der Garten gehört jetzt euch, Kinderlein«, sagte der Riese, und er nahm eine große Axt und hieb die Mauer um. Und als die Leute um zwölf Uhr zum Markt gingen, sahen sie den Riesen mit den Kindern spielen – in dem schönsten Garten, den sie je geschaut hatten. Den ganzen Tag spielten sie und am Abend kamen sie zum Riesen und wünschten ihm eine gute Nacht.

»Aber wo ist denn euer kleiner Kamerad«, fragte er, »der Junge, dem ich auf den Baum geholfen habe?« Der Riese liebte ihn am meisten, weil er ihn geküsst hatte.

»Wir wissen es nicht«, antworteten die Kinder, er ist fortgegangen.«

»Ihr müsst ihm sagen, er soll morgen wiederkommen«, sagte der Riese. Aber die Kinder antworteten, sie wüssten nicht, wo er wohne, und sie hätten ihn zuvor noch nie gesehen; da wurde der Riese sehr traurig.

Jeden Nachmittag nach Schluss der Schule kamen die Kinder und spielten mit dem Riesen. Aber der kleine Knabe, den der Riese so liebte, ließ sich nie mehr sehen. Der Riese war sehr gut mit den Kindern, aber er sehnte sich nach seinem kleinen Freunde und sprach oft von ihm. »Wie gern möcht ich ihn wiedersehen!«, sagte er immer und immer.

Jahre vergingen und der Riese wurde sehr alt und schwach. Er konnte nicht mehr unten mit den Kindern spielen, und so saß er in seinem mächtigen Armstuhl und sah ihnen zu und freute sich an seinem Garten. »Ich habe viele schöne Blumen«, sagte er, »aber die allerschönsten Blumen von allen sind die Kinder.« An einem Wintermorgen sah er beim Ankleiden aus seinem Fenster. Jetzt hasste er den Winter nicht mehr, denn er wusste, dass der Frühling nur schlief und die Blumen sich ausruhten. Plötzlich rieb er sich verwundert die Augen und sah und sah. Es war wirklich ein wundersamer Anblick. Im fernsten Winkel des Gartens war ein Baum ganz bedeckt mit lieblichen weißen Blüten. Seine Äste waren lauter Gold, und silberne Früchte hingen an ihnen, und darunter stand der kleine Knabe, den er so geliebt hatte. Hocherfreut eilte der Riese die Treppe hinunter und in den Garten. Er lief über den Rasen auf das Kind zu. Und als er ihm ganz nahe gekommen war, wurde sein Gesicht rot vor Zorn und er sagte: »Wer hat es gewagt, dich zu verwunden?« Denn an den Handflächen des Kindes waren Male von zwei Nägeln und Male waren an den kleinen Füßen. »Wer hat es gewagt, dich zu verwunden?«, rief der Riese. »Sag es mir, damit ich mein großes Schwert nehme und ihn erschlage.«

»Ach nein«, antwortete das Kind, »dies sind die Wunden der Liebe.«

»Wer bist du?«, sagte der Riese, und eine seltsame Scheu überkam ihn und er kniete nieder vor dem kleinen Kinde. Und das Kind lächelte den Riesen an und sprach zu ihm: »Du ließest mich einst im Garten spielen, heute sollst du mit mir kommen in meinen Garten, in das Paradies.«

Und als die Kinder an diesem Nachmittag hereinstürmten, da fanden sie den Riesen tot unter dem Baume liegen und ganz bedeckt mit weißen Blüten.

Das Weihnachtsland

Werner & Anna

Am letzten Hause des Dorfes, gerade dort, wo schon der große Wald anfängt, wohnte eine arme Witwe mit ihren zwei Kindern, Werner und Anna. Das wenige, das in ihrem Garten und auf dem kleinen Ackerstück wuchs, die Milch, die ihre einzige Ziege gab, und das geringe Geld, das sie durch ihre Arbeit erwarb, reichte gerade hin, um die kleine Familie zu ernähren, und auch die Kinder durften nicht feiern, sondern mussten solche Arbeit leisten, wie sie in ihren Kräften stand. Sie taten das auch willig und gern und betrachteten diese Tätigkeit als ein Vergnügen, zumal da sie dabei den herrlichen Wald nach allen Richtungen durchstreifen konnten. Im Frühling sammelten sie die goldenen Schlüsselblumen und die blauen Anemonen zum Verkauf in der Stadt und später die Maiglöckchen, die mit süßem Duft aus den mit welkem Laub bedeckten Hügelabhängen des Buchenwaldes emporwuchsen. Dann war auch der Waldmeister da mit seinen niedlichen Bäumchen, die gepflückt werden mussten, ehe sich die zierlichen, weißen Blümchen hervortaten, damit seine Kraft und Würze fein in ihm verbleibe. Sie wanden zierliche Kränze daraus, denen noch, wenn sie schon vertrocknet waren, ein süßer Waldesduft entströmte, oder banden ihn in kleine Büschel, die die vornehmen Stadtleute in den Wein taten, auf dass ihm die taufrische Würze des jungen Frühlings zuteilwerde.

Später schimmerten dann die Erdbeeren rot unter dem niedrigen Kraut hervor, und während nun die Kinder der reicheren Eltern in den Wald liefen und fröhlich an der reich besetzten Sommertafel schmausten oder höchstens zur Kurzweil ein Beerensträußlein pflückten, um es der Mutter mitzubringen, saßen Werner und Anna und sammelten fleißig »die guten ins Töpfchen, die schlechten ins Kröpfchen«.

Aber sie waren fröhlich dabei und guter Dinge, pflückten um die Wette und sangen dazu. Noch späterhin wurden auf dem bemoosten Grunde des Tannenwaldes die Heidelbeeren reif und standen unter den großen Bäumen als kleine Zwergenwälder beieinander, indem sie mit ihren dunklen Früchten wie niedliche Pflaumenbäumchen anzusehen waren. Auch diese sammelten sie mit blauen Fingern und fröhlichem Gemüt in ihre Töpfe, und dann ging's ins Moor, wo die Preiselbeeren standen, die so zierliche Blüten wie kleine, rosig angehauchte Porzellanglöckchen und Früchte, rot wie Korallen, haben und eingemacht über die Maßen gut zu Apfelmus schmecken. Von der alten Liese, die alle Tage mit einem baufälligen Rösslein und einem Wagen voll Gemüse und dergleichen in die Stadt fuhr und für die Kinder verkaufte, was sie gesammelt hatten, lernten sie noch Manches kennen, was die Stadtleute lieben und gern für ein paar Pfennige erwerben. So suchten sie in der Zwischenzeit allerlei zierliche Moose und Flechten, wie sie in trockenen Kiefernwäldern mannigfaltig den Boden bedecken und sich mit sonderlichen und zierlichen Gestaltungen bescheiden hervortun. Da fanden sie solche, rot und ästig wie kleine Korallen, und andere, die einem Haufen kleiner Tannenbäumchen glichen. Aus wieder anderen wuchsen die Blütenorgane gleich kleinen Trompetchen oder spitzen Kaufmannstüten hervor, während noch wieder andere kleine Keulen emporstreckten, die mit einem Knopf wie von rotem Siegellack geschmückt waren. Solches Moos lieben die Stadtleute auf einem Teller freundlich anzuordnen, damit sich ihr Auge, wenn es müde ist, über die große Wüste von Mauern und Steinsäulen zu schweifen, auf einem Stück fröhlichen Waldbodens ausruhen könne.

Unter solchen fleißigen und freudigen Tätigkeiten kam dann der Herbst heran und die Zeit, da die Stürme das trockene Holz von den Bäumen werfen und es günstig ist, die Winterfeuerung einzusammeln, die Zeit, wo sie sich schon zuweilen auf die schönen Winterabende freuten, wenn das Feuer in dem warmen Ofen bullert und sein Widerschein auf dem Fußboden und an den Wänden lustig tanzt, wenn die Bratäpfel im Rohr schmoren und zuweilen nach einem leisen »Paff« lustig aufzischen und die Mutter bei dem behaglichen Schnurren des Spinnrades ein Märchen erzählt.

Unter solchen Gedanken schleppten sie fröhlich Tag für Tag ihr Bündelchen Holz heim und türmten so allmählich neben der Hütte ein stattliches Gebirge auf. Zuweilen hing auch ein Beutel mit Nüssen an dem Bündel; diese holten sie gelegentlich aus dem großen Nussbusch, wo in manchem Jahre so viele wuchsen, dass, wenn man mit einem Stock an den Strauch schlug, die überreifen Früchte wie ein brauner Regen herabprasselten. Wenn sie davon genug mitgebracht hatten, wurden die Nüsse in einen größeren Beutel getan und in den Rauchfang gehängt, um für Weihnachten aufgehoben zu werden. Weihnachten, das war ein ganz besonderes Wort, und die Augen der Kinder leuchteten heller auf bei seinem Klange. Und doch brachte ihnen dieser festliche Tag so wenig. Ein kleines, winziges Bäumchen mit ein paar Lichtern und Äpfeln und selbst gesuchten Nüssen und zwei Pfefferkuchenmännern, darunter für jedes ein Stück warmes Winterzeug und, wenn's hochkam, ein einfaches, billiges Spielzeug oder eine neue Schiefertafel, das war alles. Doch von den wenigen, kleinen Lichtern und von dem goldenen Stern an der Spitze des Bäumchens ging ein Leuchten aus, das seinen traulichen Schein durch das ganze Jahr verbreitete und dessen Abglanz in den Augen der Kinder jedes Mal aufleuchtete, wenn das Wort Weihnachten nur genannt wurde.

Als es nun Winter geworden war und sie eines Abends behaglich um den Ofen saßen und die Mutter gerade eine schöne Weihnachtsgeschichte erzählt hatte, sah der kleine Werner eine ganze Weile ganz nachdenklich aus und fragte dann plötzlich: »Mutter, wo wohnt denn der Weihnachtsmann?« Die Mutter antwortete, indem sie den feinen Faden durch die Finger gleiten ließ und das Spinnrad munter dazu schnurrte: »Der Weihnachtsmann? Hinter dem Walde in den Bergen. Aber niemand weiß den Weg zu ihm; wer ihn sucht, rennt vergebens in der Runde, und die kleinen Vögel in den Bäumen hüpfen von Zweig zu Zweig und lachen ihn aus. In den Bergen hat der Weihnachtsmann seine Gärten, seine Hallen und seine Bergwerke, dort arbeiten seine fleißigen Gesellen Tag und Nacht an lauter schönen Weihnachtsdingen, in den Gärten wachsen die silbernen und goldenen Äpfel und Nüsse und die herrlichsten Marzipanfrüchte, und in den Hallen sind die schönsten Spielsachen der Welt zu Tausenden aufgestapelt.« Die Bäche, die dort liefen, schwatzten und plauderten wie alle

Bäche, allein sie verrieten ihr Geheimnis nicht, die Spechte hackten und klopften dort wie anderswo im Walde auch und flogen davon, und an den Eichhörnchen, die eilig die Bäume hinaufkletterten, war auch nichts Besonderes zu sehen. Wenn ihm nur jemand hätte sagen können, wie der Weg in das wunderbare Weihnachtsland zu finden sei, er hätte das Abenteuer wohl bestehen wollen. Aber die Leute, die er danach fragte, lachten ihn aus, und als er deshalb der Mutter seine Not klagte, da lachte sie auch und sagte, das solle er sich nur aus dem Sinne schlagen; was sie ihm damals erzählt habe, sei ein Märchen gewesen wie andere auch. Aber der kleine Werner konnte die Geschichte doch nicht aus seinen Gedanken bringen, obgleich er nun niemand mehr danach fragte. Nur mit der kleinen Anna sprach er zuweilen beim Holzsammeln davon, und beide malten sich schöne Traumbilder aus von den Herrlichkeiten des wunderbaren Weihnachtslandes.

LUISE BÜCHNER
Die Geschichte vom Tannenbäumchen

T ante Luise«, sagte am andern Abend Mathildchen, »was
erzählst du uns denn heute für eine Geschichte? Weißt
du denn noch etwas?«

»Ja, freilich weiß ich noch etwas, hört mir nur zu!«

»Ach, Tante«, sagte das Mathildchen wieder, »es dauert doch
gar zu lange, bis das Christkind kommt, ich kann es kaum mehr
aushalten und werde ganz ungeduldig.«

»Ungeduldig!? Das musst du dir vergehen lassen. Höre nur, wie
geduldig das Tannenbäumchen war und wie es stille wartete,
bis seine Zeit kam, denn die Geschichte, die ich heute erzähle,
kommt in unserm Garten vor!«

Die Kinder stützten ihre kleinen, runden Ellenbogen auf der
Tante Knie, und sie begann: »Es war einmal ein schöner, großer
Garten, in dem standen eine Menge Bäume, welche alle die
herrlichsten Früchte trugen. Auf dem einen wuchsen Kirschen,
auf dem andern Birnen, auf dem dritten Äpfel und so fort, aber
bei allen gab es etwas zu naschen vom Frühjahr bis zum Herbst,
und die Kinder, die in dem Garten wohnten, hatten die Bäume
sehr lieb. Nun war es wieder einmal Frühling und der Garten
stand da in seinem schönsten Schmucke.

Die Kirschbäume waren anzusehen, als wären sie mit Zucker
bestreut, die Pfirsiche hatten rosenrote Blüten wie der Abend-
himmel und die Apfelbäume waren mit weißen Röslein ganz
überschüttet. Da war kein Strauch und kein Bäumchen, wenn
auch noch so klein, welches nicht eine Blütenflocke oder ein

lichtes, saftgrünes Blättchen aufzuweisen hatte; und wenn dann die liebe Sonne so drüberhinschien, war der Garten gar lieblich anzusehen. Aber mitten drinnen in all der Pracht stand ein kleiner Baum, für den schien kein Frühling gekommen zu sein, denn starr und dunkelgrün streckten seine Nadeln sich hinaus und auch nicht die kleinste weiße oder rote Blüte war daran zu sehen. Das Bäumlein aber war trotz seiner Armut ganz zufrieden und beklagte sich nicht, und kam manchmal im Vorüberfliegen ein Vöglein seinem Wipfel nahe und ruhte sich darauf aus, so freute es sich wie die andern Bäume an dessen Gezwitscher und dachte nicht daran, wie unscheinbar es neben ihnen aussah. Aber das ärgerte die schön geputzten Bäume, und ein hochmütiger Kirschbaum fing auf einmal an und sprach: ›Es ist doch ein rechtes Glück, wenn man hübsch aussieht und auch zu etwas gut ist in der Welt! Was habe ich jetzt für feine, weiße Blüten, und wenn diese abgefallen sind, dann kommen die frischen grünen Blätter und zuletzt die prächtigen roten Kirschen, an denen die kleinen und großen Leute ihr Vergnügen haben. Ach, wie froh ich bin, dass ich nicht so ein einfältiger Tannenbaum geworden bin wie derjenige hier neben mir, der doch zu nichts auf der Welt gut ist, als um uns den Platz zu versperren!‹ ›Du hast recht‹, rief ein stattlicher Birnbaum, ›dein Nachbar ist mehr als überflüssig im Vergleich mit uns. Von meinen saftigen Birnen will ich noch gar nicht reden, aber welchen prächtigen Schatten gebe ich in der Hitze den lieben Kindern, die sich auf der Bank unter meinem Blätterdache ausruhen. Nicht einmal vor der Sonne vermag der einfältige Tannenbaum zu schützen.‹

›Ja, ja‹, fing nun ein dicker Apfelbaum an, ›mit uns kann sich der arme Tropf freilich nicht messen. Was mich aber am meisten verdrießt, ist, dass man die langen Zapfen, welche der Herbstwind von ihm herunterschüttelt und die weder für Mensch noch Tier genießbar sind, Tannäpfel nennt, als ob sie auch nur die entfernteste Ähnlichkeit mit meinen schmackhaften Früchten hätten; es ist wirklich zu arg!‹ Dabei schüttelte der alte Herr sein Haupt so gewaltig, dass dicke Blütenflocken zur Erde fielen und einzelne an den Nadeln des armen Tannenbäumchens hängen blieben. ›Seht, wie er sich jetzt auch noch mit fremden Federn schmückt!‹, schrie ein naseweiser junger Pflaumenbaum. ›Der Unverschämte, er glaubt, weil er spitze Nadeln habe, dürfe er uns allen trotzen!‹ Und nun fingen alle Bäume zugleich an, auf die arme Tanne zu schelten, und lobten dabei unaufhörlich ihre eigenen Früchte sowie den Nutzen, den diese brächten. Selbst die Johannis- und Stachelbeerbüsche blieben nicht still, und niemand wollte dem bescheidenen Tannenbäumchen das mindeste Gut zuerkennen. Drüben über dem Bach war ein Wald voll schöner Buchen und Eichen; auch diese fingen an, mitzuspotten und sich hervorzutun. Eine dicke Buche überschrie zuletzt alle und rief: ›Wenn wir auch keine so süßen Früchte tragen wie der liebe Kirschbaum und der vortreffliche Apfelbaum, so sind wir doch gleichfalls von dem allergrößten Nutzen. Im Sommer geben wir kühlen, prächtigen Schatten, und im Winter heizen wir die Zimmer ein, wenn es draußen stürmt und schneit, denn wir haben gutes, festes Holz, aber selbst das Holz der hässlichen Tanne ist elendes Zeug, macht schwarz und rußig und gibt keine Wärme. Nebenbei sind unsere kleinen Früchte auch gar nicht zu verachten; die Bucheln glänzen zwar nicht durch äußere Schönheit, aber man presst gutes, fettes Öl daraus, in dem man Pfannenkuchen und Kräppeln backen kann, die sehr gut zu den gekochten Kirschen und Pflaumen schmecken!‹ ›Nun, bist du bald fertig?‹, fing eine Eiche neben ihr an, ›du tust, als ob du der erste Baum im Walde wärest. Mich lasse reden. Ich bin die deutsche Eiche und ein poetischer Baum. Wo es irgendein Fest gibt, macht man aus meinen Blättern Kränze, ich komme in Millionen Gedichten vor und mein Laub ist überall Vorbild für Stickereien in Gold, Seide und Perlen. Was nun den Nutzen betrifft, so ist der meinige ohne Widerrede der bedeutendste. Mit meinen Eicheln mästet man Schweine, und es gibt verständige Leute genug, die lieber ein gutes Stück Schweinebraten essen als Kirschen und Birnen und wie all das süße, kraftlose Zeug heißt, mit dem ihr so gewaltig großtut!‹ Nachdem die Eiche dies gesprochen hatte, fächelte sie sich mit ihren Zweigen, hob stolz den Wipfel empor und sah sich um, als wolle sie fragen: ›Wagt es noch jemand, etwas zu sagen?‹ Wahrhaftig, die deutsche Eiche hatte mehr Mut als gewöhnlich ein deutscher Mensch. Die andern Bäume blieben auch ganz still und keiner muckste, bis endlich eine schlanke, grüne Linde sich zu regen begann und leise säuselte: ›Ei, ei, ihr lieben Freunde! Am Ende bin ich doch noch die wichtigste von euch allen, wenn meine Blüte auch sehr klein und unscheinbar und fast nur durch ihren süßen Duft bemerkbar ist. Aber man bereitet guten heilenden Tee daraus, und haben die kleinen Leute zu viel von dem guten Obst gegessen und davon Leibschneiden bekommen, und sind die großen zu lange unter den Buchen und Eichen herumgeschwärmt, sodass sie sich den Schnupfen geholt, dann muss sie dieser Trank gesund machen, damit sie wieder von vorn anfangen können.‹ Als die

kluge Linde schwieg, nickten die andern Bäume und lachten, denn sie waren der schönen Linde alle gut, nur die Eiche brummte etwas in sich hinein von ›dumm und albern‹; aber sonst blieb alles ruhig. Das arme Tannenbäumchen hatte die ganze Zeit über zitternd und schweigend dagestanden, doch nun suchte es die allgemeine Stille zu benutzen, um auch ein Wörtchen zu seiner Verteidigung zu sagen. Ganz leise und schüchtern fing es an: ›Ach, ihr lieben Bäume, ich weiß wohl, dass ihr mich als den schlechtesten von euch allen betrachtet, aber so ganz nutzlos und überflüssig bin ich doch auch nicht, wenn ich auch weniger schön geschmückt bin als ihr. Aus meinem Holze kann man Häuser und Schiffe bauen, und mit den Tannenzapfen machen die Leute ihr Feuer an, auch …‹
›Ha, ha, ha!‹, schallte es da aus allen Ecken und Enden. ›Ha, ha, ha! Hört doch das dumme Ding; wenn es nur lieber ganz geschwiegen hätte! Mit Hobelspänen kann man auch Feuer anmachen, als ob das ein Verdienst wäre! Ha, ha, ha!‹ Und die Bäume bogen und neigten sich und wollten sich halb totlachen, und der dicke Apfelbaum verlor noch manche weiße Blüte in seiner großen Lustigkeit. Endlich ging die Sonne unter; die Vöglein suchten ihr grünes Quartier auf und wollten ihre Ruhe haben; so wurden die Schwätzer denn stiller und stiller, und als der silberne Mond langsam heraufstieg, lag alles im tiefsten Schweigen. Nur ein Baum konnte nicht ruhen und schlafen, das war das Tannenbäumchen. Es war so betrübt, dass es gern bitt're Tränen vergossen hätte, wenn es ein Mensch und kein Baum gewesen wäre. Ach, es konnte sich gar nicht zufriedengeben

und wünschte sich auch weiche, flatternde Blätter und süße Früchte, damit es von niemand mehr verspottet werden dürfe. Wie es nun so dastand in seiner Betrübnis, ward es auf einmal vor ihm ganz helle und licht, und wie aus der Erde gewachsen schwebte über dem grünen Rasen ein wunderschöner Engel. Er hatte ein langes, schneeweißes Gewand, weiße Flügel an den Schultern, auf dem Kopfe trug er einen Kranz von den schönsten Rosen, und darüber hing ein langer Schleier, der glänzte wie gesponnenes Silber. Na, könnt ihr euch wohl denken, wer der schöne Engel gewesen? Natürlich war es niemand sonst als unser liebes Christkind, welches alles mit angehört und angesehen – wie es auch immer sieht, ob ein Kind lieb oder unartig ist. Das arme, bescheid'ne Tannenbäumchen tat ihm in tiefster Seele leid, und darum kam es jetzt zu ihm geflogen und sagte mit seine süßen Stimme: ›Tannenbäumchen, was fehlt dir denn?‹ Aber das Bäumchen konnte nicht antworten, es war zu betrübt und auch zu erschreckt von dem hellen Glanz und Christkindchens Anblick; es schüttelte nur leise den Wipfel, da fuhr Christkindchen fort: ›Tannenbäumchen, ich weiß es recht gut, was dir fehlt; die bösen Bäume hier haben dich ausgelacht, weil du nicht so schön bist wie sie. Aber warte nur, bald sollst du schöner sein als sie alle. Wenn der Winter kommt und Schnee und Eis auf der Erde liegt und all die Bäume hier kahl und entlaubt stehen, dann sollst du süßere und buntere Früchte tragen als Kirschen, Birnen und Äpfel, und die Kinder werden sich mehr über dich freuen und dich lieber haben als alle andern Bäume auf der Welt!‹ Nachdem das Christkind dies gesagt, war es gerade so schnell wieder verschwunden, als es gekommen, und nur der liebe, alte Mond warf noch silberne Strahlen auf die stille Welt. So vergingen Sommer und Herbst, die Bäume hatten nach und nach alle ihre Früchte hergegeben und der Winter kam mit raschen Schritten heran. Wohl hatten sie noch manchmal das Tannenbäumchen ausgespottet, aber es machte sich nichts mehr daraus und dachte immer nur an das, was Christkindlein ihm versprochen hatte. Bald war an dem Apfel- und Birnbaum kein Blättchen mehr zu sehen, die Eiche und Buche streckten ihre nackten Arme zum Himmel empor und froren erbärmlich, aber es half nichts – es war eben Winter und sie mussten sich von dem kalten Nordwind nach allen Seiten hin und her zausen lassen. Unser Tannenbäumchen hielt sich wacker, es blieb so grün und frisch wie im Sommer und wartete in Geduld, bis seine Zeit käme. Auf einmal, in einer langen, dunklen Nacht, da ward es wieder ganz hell und licht, und der schöne Engel stand wieder neben dem Bäumchen und sagte: ›Ich bin da, um mein Wort zu halten. Nun sollst du einmal sehen!‹ Neben dem Christkind im Schatten stand Nikolaus, der hielt seinen großen Sack mit beiden Händen auseinander, und Christkind griff hinein und wieder hinein und überschüttete das Bäumchen mit goldnen Nüssen und Äpfeln, mit köstlichem Zuckerwerk, mit Rosinen und Mandeln, mit funkelnden Perlen und silbernen Sternen, sodass es schöner und bunter glänzte und prangte als je ein Baum zuvor. Dann steckte der Nikolaus brennende Kerzchen an die Zweige der Tanne, da leuchtete sie fast so helle wie die Sternlein an dem dunklen Nachthimmel über ihr. Wie nun alles fertig war, klingelte

 Christkind laut und lange mit seiner silbernen Schelle, dass alle Bäume und Sträucher ringsumher aufwachten, sich verwundert umsahen und nicht wussten, woher auf einmal all der Glanz und die Pracht kam. ›Seht hierher, ihr Necker und Spötter!‹, rief nun Christkind mit lauter Stimme. ›Der herrlich geschmückte Baum vor euch, das ist das Tannenbäumchen, welches ihr ausgespottet und gekränkt habt und das nun schöner ist, als je einer von euch gewesen. Jetzt nehme ich es mit mir, wohin ihr niemals kommt, in warme, geschmückte, helle Stuben und zu fröhlichen Menschen. Alt und Jung wird sich an seinem Anblick erfreuen und die Kinder werden es am liebsten von allen Bäumen haben!‹ Damit nahm Christkindchen das Bäumchen in die Hand, breitete seine Flügel aus, und fort war es, ehe sich die erstaunten Bäume ein wenig von ihrer Verwunderung erholen konnten. Ganz verdutzt blickten sie dem hellen Streifen nach, bis er im Dunkel entschwand, und nickten dann verdrossen und kopfschüttelnd wieder ein. Wohin aber Christkind das Tannenbäumchen trug, das brauche ich euch nicht zu sagen, das wissen alle artigen Kinder, die zu Weihnachten eins bekommen. Nun esset ihr zwar sehr gern frische Kirschen und süße Birnen, gebratene Äpfel und Pflaumenmus; wenn ich euch aber jetzt frage, welcher Baum ist euch der liebste von allen, was werdet ihr sagen?«

Da riefen Georg und Mathildchen jubelnd und wie aus einem Munde – und alle Kinder rufen es mit ihnen: »Das Tannenbäumchen! Das Tannenbäumchen!«

GERDT VON BASSEWITZ
❦ Peterchens Mondfahrt ❦

Die Weihnachtswiese

Hier waren noch niemals Kinder gewesen; es war ein unbeschreibliches Glück für die beiden kleinen Reisenden, dass ihnen die Nachtfee erlaubte, dies zu sehen. Der Maikäfer durfte übrigens auch mit, denn es wäre doch leicht möglich gewesen, dass der große Bär ihn tottrat oder vielleicht gar auffraß, wenn er mit ihm eine Weile allein geblieben wäre. Ganz bescheiden krabbelte also der Sumsemann hinter den dreien her, als sie nun auf einem Goldkieswege zwischen kleinen, grünen Tannenbäumchen weiterschritten. Die Luft war erfüllt von herrlichem Kuchenduft. Alle Kuchen der Welt schienen hier zu sein – besonders nach Pfefferkuchen roch es.

Ein warmer, leiser Wind, der in den Zweigen der kleinen Tannen säuselte, trug ihnen diesen prächtigen Duft zu. Selbst das Sandmännchen bekam davon Kuchenappetit; es wischte sich den Mund sehr umständlich und tat so, als ob es niesen müsste, damit man's nicht merken sollte. Der Weg, auf dem sie durch das Tannenwäldchen gingen, war mit vergoldetem Schokoladenplätzchenkies bestreut. Das roch natürlich auch gut. Anneliese schnabulierte schnell mal ein Plätzchen, und Peterchen auch. Wirklich, es waren Schokoladenplätzchen! Und was für welche! Hmmm!

Nun waren sie aus dem Wäldchen heraus. Einen Augenblick blieben sie stehen, vor Erstaunen ganz starr über das, was sie jetzt vor sich sahen. Kein Traum hätte jemals etwas so Schönes zaubern können! Eine weite, weite Landschaft lag vor ihnen:

Gärten und Felder, Wälder und Wiesen, Hügel und Täler, Bäche und Seen, von einem goldenen Himmel hoch über- spannt. Eine Spielzeuglandschaft war es, die fast so aussah wie eine richtige Landschaft; und doch anders, ganz anders – viel, viel zauber- hafter. Nicht wie in einer gewöhnlichen Landschaft wuchsen da Kartoffeln oder Bohnen, Gras oder Klee, sondern hier wuchs das Spielzeug. Alles, was man sich nur irgend denken kann, wuchs hier, von den Soldaten bis zu den Püppchen und Hampel- männern, von den Murmelkugeln bis zu den Luftballons. Auf bunten Feldern und Wiesen, in niedlichen grünen Gärten, an Sträuchern und Bäumchen, überall sprosste, blühte und reifte es. Eine Bilderbücherwiese war da, auf der alle Bilderbücher wie Gemüse wuchsen. Das sah sehr bunt und vergnügt aus; manche waren noch nicht entfaltet und wie Knospen in ihren Hüllen, kleine Rollen in allen Farben; manche waren schon auf, schaukelten im Winde und blätterten um. Daneben sah man Beete mit Trompeten und Trommeln. Wie Kürbisse und Gurken kamen sie aus der Erde hervor. Nicht weit davon waren große Rasenfelder mit Soldaten bewachsen, die zum Teil schon weit aus der Erde herausguckten, zum Teil noch bis an den Hals darin steckten oder erst mit der Helmspitze hervorsahen wie kleine Spargel. Dann war ein Feld dort, auf dem die Petzbären wuchsen. Ein kleiner, grüner Zaun lief rings herum, denn einige von den drolligen Tierchen waren schon reif, von ihren Wurzeln los und purzelten quiekend herum. Auf der andern Seite wieder waren Gärten mit großen und kleinen Sträuchern, an denen Bonbons in allen Farben und Größen wuchsen. Kleine Teiche von roter und gelber Limonade glänzten zwischen Schilfwiesen, in denen aus den raschelnden Halmen silbrige Schilfkeulen wuchsen – die Zeppelinballons, niedliche, summende Flugmaschinen, flogen dort als Libellen herum. Ganz besonders schön waren auch die großen Tannen, an denen die vergoldeten Äpfel und Nüsse wuchsen, und die Pfefferkuchenbäume. Sie standen meistens in Gruppen auf kleinen, runden Plätzen mit Krachmandelkies. Überall hörte man in Bäumchen und Sträuchern eine süße Zwitschermusik. Die kam von den bunten Spielzeugvögelchen, die zwischen Pfefferkuchenzweigen und Bonbonknospen herumhuschten. Sie hatten dort ihre Nesterchen, in denen sie fleißig Pfefferminzplätzchen legten. Viele brüteten auch, damit noch mehr Vögelchen zu Weihnachten auskröchen. Sie sind ja sehr beliebt bei den Kindern auf der Erde; besonders wenn sie mit Plätzchen gefüllt sind – man weiß das.

Das Schönste aber, was man hier sehen konnte, war eigentlich der Puppengarten. Ein ganzer Wald von bunten Büschen und Bäumchen auf grünem Sammetrasen, von einem goldenen Zaun umgeben. An den Büschen und Bäumchen saßen Tausende und Abertausende von Puppen und Püppchen. Wie kleine Blumen wuchsen sie an den Zweigen; zuerst nur Knospen von Sammet oder Seide, dann Blümchen mit kleinen Gesichtern in der Mitte und dann endlich Püppchen oder Puppen mit Haar, Schuhen und Schleifen in allen Größen und Farben. An feinen, silbernen Stielen hingen sie von den Zweigen und konnten abgepflückt werden. Ein kleiner See war auch im Puppengarten, ganz bedeckt mit wunderschönen Wasserrosen. Wenn die aufblühten und ihre weißen oder gelben seidenen Blätter auseinanderfalteten, so gab es einen kleinen, klingenden Knall, und in der offenen Blume lag ein rosiges Badepüppchen.

Sehr lustig war das! Ja, und dann gab's noch so einen kleinen, seltsamen Wald, ein wenig versteckt in einem tieferen Tal, so seitwärts, hinter einer Marzipanschweinezüchterei. Ganz kahl war's da, ohne ein Blättchen; nur Bäumchen mit Ruten. Immerfort pfiff ein Wind, dass die Ruten sich bogen. Kein Vögelchen zwitscherte, kein Flugmaschinchen summte; es war nicht sehr freundlich in dem Wald. Man brauchte ihn eigentlich auch gar nicht zu bemerken, so versteckt lag er. Aber er war doch da auf der Weihnachtswiese – der Rutenwald. Man kann sich wohl denken, wie den Kindern zumute war, als sie alle diese zauberhaften Dinge sahen, während sie an der Hand des Sandmännchens über Krachmandel- und Schokoladenwege, über Zuckerbrücken und Marzipanstraßen hinwanderten zu einem kleinen, sanft leuchtenden Berge, der die Mitte des Ganzen bildete. Dort liefen alle Wege und Straßen zusammen auf einen von Tannenbäumchen umhegten Platz. Auf diesem Platze aber – ja, das war das Allerschönste! – stand die goldene Wiege des Christkindchens. Neben der Wiege, auf einem schönen, himmelblauen Großvaterstuhl, saß der Weihnachtsmann in seinem pelzverbrämten Rock mit einer silbergrauen Pudelmütze und schneeweißem Bart. Er hatte eine lange, schöne Pfeife mit bunten Troddeln im Munde, aus der er ab und zu großmächtige Wolken in die Luft paffte. Dazu wiegte er leise die goldene Wiege, und über der Wiege schwebte still ein leucht-

ender Heiligenschein. Es war sehr feierlich, es war sehr schön! Nun sah der Weihnachtsmann die kleinen Besucher, die da

ankamen. Ein freundliches Lächeln huschte über sein Gesicht –
er wusste schon Bescheid –, er stand auf, kam ihnen entgegen
und sagte:

»Ei, ei, das ist mir eine Freude!
Guten Tag, ihr lieben Kinderchen beide,
und Sandmännchen, und Maikäfermann;
willkommen hier auf der Weihnachtswiese!«

Und dann gab er den Kindern die Hand. Peterchen war noch ein
wenig schüchtern und Anneliese erst recht; es war auch wirklich
ein sehr feierlicher Augenblick. Aber der gute Weihnachtsmann
streichelte ihnen die Köpfe und die Bäckchen und sagte:

»Nun, Peterchen? Nun, Anneliese?
Jaja, ich kenn' euch, wisst ihr's nicht mehr?
Ich kenne euch gut, noch von Weihnachten her!
Artig wart ihr alle beide;
ich weiß es, ihr macht eurem Mütterchen Freude.«

Die Kinder erinnerten sich natürlich ganz genau, wie der Weihnachtsmann damals gekommen war, mit Nüssen und Äpfeln
und das Weihnachtsbäumchen gebracht hatte. Wahrscheinlich
hatte er auch die vielen anderen schönen Sachen gebracht, die
nachher auf dem Weihnachtstisch lagen. Das dachten sie sich
jetzt, nachdem sie gesehen hatten, dass hier alles Spielzeug
wuchs. Der Weihnachtsmann hatte nämlich damals lange
mit Muttchen gesprochen, nachdem sie ihren Spruch schön
hergesagt hatten, und dann aus einem großmächtigen Sack, der
ihm über den Rücken hing, alles Mögliche herausgenommen.

Muttchen hatte das schnell in die Weihnachtsstube gebracht;
dann hatte der Weihnachtsmann genickt, genauso freundlich
wie jetzt, und war verschwunden. Natürlich kannten sie ihn!
Und so fasste Peterchen sich Mut, erzählte, was er vom vorigen
Weihnachten wusste, und Anneliese nickte eifrig mit dem Kopf
dazu. Ja, es stimmte! Der Weihnachtsmann bestätigte alles
so freundlich, dass die Kinder jede Scheu verloren und sich
zutraulich an ihn drängten.

Ein sehr spaßiges Männchen sprang da noch mit einer kleinen
Gießkanne bei den Weihnachtsbäumen herum und begoss sie
immerfort. Dazu sang es mit seinem dünnen Stimmchen:

> »O Tannebaum, o Tannebaum,
> wie grün sind deine Blätter!
> Du grünst nicht nur zur Sommerszeit,
> nein, auch im Winter, wenn es schneit.
> O Tannebaum, o Tannebaum,
> wie grün sind deine Blätter!«

Peterchen musste plötzlich laut lachen. Der Weihnachtsmann
aber erklärte, dies sei das Pfefferkuchenmännchen, sein Gehilfe,
der schrecklich viel zu tun hätte mit dem Begießen und Pflegen
all der schönen Sachen. Davon wäre er zu Weihnachten so mür-
be und braun. Das Männchen sprang zwischen den Bäumchen
herum wie ein kleiner Floh und begoss sie – mit Zuckerwasser!
Am meisten aber waren die Kinder jetzt neugierig auf das
Christkindchen. Auf den Zehenspitzen schlichen sie näher,
denn der Weihnachtsmann sagte:

»Es schläft, um sich das Herz zu stärken,
zu allen seinen Liebeswerken.
Derweil muss ich es wiegen und warten
hier oben im stillen Weihnachtsgarten.
Und wenn uns're Stunde gekommen ist,
in der Winterszeit, zum heiligen Christ,
dann weck ich es ganz leise, leise,
und wir machen uns auf die weite Reise
durch Nacht und Wälder, durch Schnee und Wind,
dorthin, wo artige Kinder sind.«

Ja, da lag es, tief in den schneeweißen Kissen, mit goldblonden, strahlenden Locken, und schlief. Die Kinder falteten leise die Hände und knieten ganz von selbst neben der Wiege nieder, so schön und so heilig war es. Als sie aber niederknieten, kniete auch der Weihnachtsmann und das Pfefferkuchenmännchen mit ihnen. In demselben Augenblick ging ein wundersames Klingen durch die Luft, als sängen tausend kleine Weihnachtsengelchen das Weihnachtslied. Als Anneliese und Peterchen es hörten, sangen sie unverzagt mit, und ihre Stimmen klangen so schön mit den Engelstimmchen zusammen, dass sie ganz glücklich waren. Während des Gesanges aber fiel vom Himmel herab ein goldener Schnee, der duftete schöner als alle Blumen der Welt. Auf allen Bäumen und Bäumchen ringsum glühten Lichterchen auf, und große Sterne strahlten vom Wipfel jeder Tanne im Garten. Himmelsschön war es eigentlich und gar nicht zu beschreiben. Es war aber schon wieder Zeit zur Reise. Das Sandmännchen winkte zum Aufbruch, und von fernher hörte man auch den Bären brummen und stampfen, der ungeduldig wurde wie ein Pferdchen, das nicht mehr warten will.

So gaben die Kinder dem Weihnachtsmann die Hand und bedankten sich sehr schön. Der lachte freundlich und steckte schnell noch jedem ein ganz frisches Pfefferkuchenpäckchen ins Körbchen. Dann nickte er dem Sandmännchen zu, setzte sich in seinen Großvaterstuhl, paffte riesengroße, steingraue Wolken aus der Pfeife und wiegte das heilige Kindchen. Dazu sprang das Pfefferkuchenmännchen im Hintergrunde zwischen den Tannen herum, goss sie und sang sein Liedchen. So war alles wieder wie vorher. Die drei Abenteurer aber eilten mit dem Sandmännchen zum Eingangstor zurück, über die Zuckerbrücken und Schokoladenwege, schnell, schnell!

Besonders der Sumsemann hatte es eilig dabei, denn ihm hatte es am wenigsten gut gefallen. Gar nichts war da gewesen für ihn! Lauter Zucker, Marzipan, Mandeln, Rosinen, Limonade, Schokolade! Kein Blättchen gab's, nur Tannen, Bonbonsträucher und Pfefferkuchenbäume – brrrrrrrr!! Nein, solche Gegend passte ihm nicht! Er hatte allerdings einen Kameraden gefunden, einen Spielzeugmaikäfer. Aber als er sich ihm vorstellte, wie sich das gehört, hatte der Kerl bloß gerasselt und geklappert mit seinen Beinen und Flügeln; nicht einmal anständig summen konnte er. Natürlich, er war aus Blech und hatte statt eines klopfenden, ritterlichen Käferherzens nur ein paar blecherne Räder und eine Uhrfeder in der Brust. Aber sechs Beinchen hatte dieser Blechkerl! Das war wirklich ärgerlich! Er, ein echter Maikäfer, wurde von dem Rasselfritzen mit einem Beinchen übertroffen. So packte ihn wieder die grimmigste Sehnsucht nach seinem Beinchen, und emsig, wie ein Feuerwehrmann, wenn's brennt, lief er neben den Kindern her. Endlich ging's ja zum Beinchen, zum Mondberg, zur Erfüllung des großen Wunsches der Sumsemänner! Da taten sich vor ihnen auch

schon die Tore auseinander, der Bär stand schnaufend zum Ritt
bereit und schüttelte vor Freude den dicken Kopf, dass seine
kleinen Reiter wieder da waren. Schnell saßen sie auf seinem
Rücken im weichen Fell.

Vor ihnen lag die weite Mondlandschaft, hinter ihnen schlossen
sich leise die Tore der Weihnachtswiese, und … fort ging's über
den watteweißen, sonderbar schimmernden Boden des Mondes,
dem großen Berg zu, der mit seinen seltsamen Formen wie
ein riesenhafter Schlagsahnenkegel vor ihnen in der Ferne lag.

Weihnachten in der Speisekammer

Unter der Türschwelle war ein kleines Loch. Dahinter saß die Maus Kiek und wartete. Sie wartete, bis der Hausherr die Stiefel aus- und die Uhr aufgezogen hatte; sie wartete, bis die Mutter ihr Schlüsselkörbchen auf den Nachttisch gestellt und die schlafenden Kinder noch einmal zugedeckt hatte; sie wartete auch noch, als alles dunkel war und tiefe Stille im Hause herrschte. Dann ging sie.

Bald wurde es in der Speisekammer lebendig. Kiek hatte die ganze Mäusefamilie benachrichtigt. Da kam Miek, die Mäusemutter mit den fünf Kleinen, und Onkel Grisegrau und Tante Fellchen stellten sich auch ein.

»Frauchen, hier ist etwas Weiches, Süßes«, sagte Kiek leise vom obersten Brett herunter zu Miek, »das ist etwas für die Kinder«, und er teilte von den Mohnpielen aus. »Komm hierher, Grisegrau«, piepste Fellchen und guckte hinter der Mehltonne vor, »hier gibt's Gänsebraten, vorzüglich, sag ich dir, die reine Hafermast; wie Nuss knuspert sich's.« Grisegrau aber saß in der neuen Kiste in der Ecke, knabberte am Pfefferkuchen und ließ sich nicht stören. (…) Zuletzt bestanden die kleinen Mäuse darauf, auch einen Weihnachtsbaum zu haben, und die zärtlichen Mäuseeltern liefen wirklich in die Küche und zerrten einen Ast herbei, der von dem großen Tannenbaum abgeschnitten war. Das gab einen Hauptspaß. Die Mäusekinder quiekten vor Entzücken und fingen an, an dem grünen Tannenholz zu knabbern; das schmeckte aber abscheulich nach Terpentin, und sie ließen es sein und kletterten lieber in dem Ast umher. Schließlich machten sie die ganze Speisekammer zu ihrem Spielplatz. Sie huschten hierhin und dorthin, machten Männchen, lugten neugierig über die Bretter in alle Winkel hinein und spielten Versteck hinter den Gemüsebüchsen und Einmachtöpfen; was sollten sie auch mit dem dummen Weihnachtsbaum, an dem es nichts zu essen gab! (…)

Am andern Morgen fand die alte Köchin kopfschüttelnd den Tannenast in der Speisekammer und viele Krümel und noch etwas, was nicht gerade in die Speisekammer gehört, ihr werdet euch schon denken können, was! Als Gottlieb und Lenchen in die Küche kamen, um der alten Marie Guten Morgen zu wünschen, zeigte sie ihnen die Bescherung und meinte: »Die haben auch tüchtig Weihnachten gefeiert.« Die Kinder aber tuschelten und lachten und holten einen Blumentopf. Sie pflanzten den Ast hinein und bekränzten ihn mit Zuckerwerk, aufgeknackten Nüssen, Honigkuchen und Speckstückchen. Die alte Marie brummte; da aber die Mutter lachend zuguckte, musste sie schon klein beigeben. Sie stellte alles andere sicher und ließ den kleinen Naschtieren nur ihren Weihnachtsbaum.

E. T. A. HOFFMANN

Nussknacker und Mausekönig

Der Weihnachtsabend

Am vierundzwanzigsten Dezember durften die Kinder des Medizinalrats Stahlbaum den ganzen Tag über durchaus nicht in die Mittelstube hinein, viel weniger in das daranstoßende Prunkzimmer. In einem Winkel des Hinterstübchens zusammengekauert saßen Fritz und Marie, die tiefe Abenddämmerung war eingebrochen, und es wurde ihnen recht schaurig zumute, als man, wie es gewöhnlich an dem Tage geschah, kein Licht hereinbrachte. Fritz entdeckte ganz insgeheim wispernd der jüngeren Schwester (sie war eben erst sieben Jahr alt worden), wie er schon seit frühmorgens es habe in den verschlossenen Stuben rauschen und rasseln und leise pochen hören. Auch sei nicht längst ein kleiner, dunkler Mann mit einem großen Kasten unter dem Arm über den Flur geschlichen, er wisse aber wohl, dass es niemand anders gewesen als Pate Drosselmeier. Da schlug Marie die kleinen Händchen vor Freude zusammen und rief: »Ach, was wird nur Pate Drosselmeier für uns Schönes gemacht haben?«

Der Obergerichtsrat Drosselmeier war gar kein hübscher Mann, nur klein und mager, hatte viele Runzeln im Gesicht, statt des rechten Auges ein großes schwarzes Pflaster und auch gar keine Haare, weshalb er eine sehr schöne weiße Perücke trug, die war aber von Glas und ein künstliches Stück Arbeit. Überhaupt war der Pate selbst auch ein sehr künstlicher Mann, der sich sogar auf Uhren verstand und selbst welche machen konnte. Wenn daher eine von den schönen Uhren in Stahlbaums Hause krank war und nicht singen konnte, dann kam Pate Drosselmeier, nahm die Glasperücke ab, zog sein gelbes Röckchen aus, band eine blaue Schürze um und stach mit spitzigen Instrumenten in die Uhr hinein, sodass es der kleinen Marie ordentlich wehetat, aber es verursachte der Uhr gar keinen Schaden, sondern sie wurde vielmehr wieder lebendig und fing gleich an, recht lustig zu schnurren, zu schlagen und zu singen, worüber denn alles große Freude hatte. Immer trug er, wenn er kam, was Hübsches für die Kinder in der Tasche, bald

ein Männlein, das die Augen verdrehte und Komplimente machte, welches komisch anzusehen war, bald eine Dose, aus der ein Vögelchen heraushüpfte, bald was anderes. Aber zu Weihnachten, da hatte er immer ein schönes künstliches Werk verfertigt, das ihm viel Mühe gekostet, weshalb es auch, nachdem es einbeschert worden, sehr sorglich von den Eltern aufbewahrt wurde. –

»Ach, was wird nur Pate Drosselmeier für uns Schönes gemacht haben?«, rief nun Marie; Fritz meinte aber, es könne wohl diesmal nichts anders sein als eine Festung, in der allerlei sehr hübsche Soldaten auf und ab marschierten und exerzierten, und dann müssten andere Soldaten kommen, die in die Festung hineinwollten, aber nun schössen die Soldaten von innen tapfer heraus mit Kanonen, dass es tüchtig brauste und knallte.

»Nein, nein«, unterbrach Marie den Fritz, »Pate Drosselmeier hat mir von einem schönen Garten erzählt, darin ist ein großer

See, auf dem schwimmen sehr herrliche Schwäne mit goldnen Halsbändern herum und singen die hübschesten Lieder. Dann kommt ein kleines Mädchen aus dem Garten an den See und lockt die Schwäne heran und füttert sie mit süßem Marzipan.«

»Schwäne fressen keinen Marzipan«, fiel Fritz etwas rau ein, »und einen ganzen Garten kann Pate Drosselmeier auch nicht machen. Eigentlich haben wir wenig von seinen Spielsachen; es wird uns ja alles gleich wieder weggenommen, da ist mir denn doch das viel lieber, was uns Papa und Mama einbescheren, wir behalten es fein und können damit machen, was wir wollen.«
Nun rieten die Kinder hin und her, was es wohl diesmal wieder geben könne. Marie meinte, dass Mamsell Trutchen (ihre große Puppe) sich sehr verändere, denn ungeschickter als jemals, fiele sie jeden Augenblick auf den Fußboden, welches ohne garstige Zeichen im Gesicht nicht abginge, und dann sei an Reinlichkeit in der Kleidung gar nicht mehr zu denken. Alles tüchtige Ausschelten helfe nichts. Auch habe Mama gelächelt, als sie sich über Gretchens kleinen Sonnenschirm so gefreut. Fritz versicherte dagegen, ein tüchtiger Fuchs fehle seinem Marstall durchaus sowie seinen Truppen gänzlich an Kavallerie, das sei dem Papa recht gut bekannt. – So wussten die Kinder wohl, dass die Eltern ihnen allerlei schöne Gaben eingekauft hatten, die sie nun aufstellten, es war ihnen aber auch gewiss, dass dabei der liebe Heilige Christ mit gar freundlichen frommen Kindesaugen hineinleuchte und dass, wie von segensreicher Hand berührt, jede Weihnachtsgabe herrliche Lust bereite wie keine andere. Daran erinnerte die Kinder, die immerfort von den

zu erwartenden Geschenken wisperten, ihre ältere Schwester Luise, hinzufügend, dass es nun aber auch der Heilige Christ sei, der durch die Hand der lieben Eltern den Kindern immer das beschere, was ihnen wahre Freude und Lust bereiten könne, das wisse er viel besser als die Kinder selbst, die müssten daher nicht allerlei wünschen und hoffen, sondern still und fromm erwarten, was ihnen beschert worden. Die kleine Marie wurde ganz nachdenklich, aber Fritz murmelte vor sich hin: »Einen Fuchs und Husaren hätt ich nun einmal gern.«

Es war ganz finster geworden. Fritz und Marie, fest aneinandergerückt, wagten kein Wort mehr zu reden, es war ihnen, als rausche es mit linden Flügeln um sie her und als ließe sich eine ganz ferne, aber sehr herrliche Musik vernehmen.

Ein heller Schein streifte an der Wand hin, da wussten die Kinder, dass nun das Christkind auf glänzenden Wolken fortgeflogen zu andern glücklichen Kindern. In dem Augenblick ging es mit silberhellem Ton: Klingling, klingling! Die Türen sprangen auf, und solch ein Glanz strahlte aus dem großen Zimmer hinein, dass die Kinder mit lautem Ausruf »Ach! – Ach!« wie erstarrt auf der Schwelle stehen blieben. Aber Papa und Mama traten in die Türe, fassten die Kinder bei der Hand und sprachen: »Kommt doch nur, kommt doch nur, ihr lieben Kinder, und seht, was euch der Heilige Christ beschert hat.«

Die Gaben

Ich wende mich an dich selbst, sehr geneigter Leser oder Zuhörer Fritz – Theodor – Ernst – oder wie du sonst heißen magst, und bitte dich, dass du dir deinen letzten, mit schönen, bunten Gaben reich geschmückten Weihnachtstisch recht lebhaft vor Augen bringen mögest, dann wirst du es dir wohl auch denken können, wie die Kinder mit glänzenden Augen ganz verstummt stehen blieben, wie erst nach einer Weile Marie mit einem tiefen Seufzer rief: »Ach, wie schön – ach, wie schön«, und Fritz einige Luftsprünge versuchte, die ihm überaus wohl gerieten. Aber die Kinder mussten auch das ganze Jahr über besonders artig und fromm gewesen sein, denn nie war ihnen so viel Schönes, Herrliches einbeschert worden als dieses Mal.

Der große Tannenbaum in der Mitte trug viele goldne und silberne Äpfel, und wie Knospen und Blüten keimten Zucker-mandeln und bunte Bonbons und was es sonst noch für schönes Naschwerk gibt, aus allen Ästen.

Als das Schönste an dem Wunderbaum musste aber wohl gerühmt werden, dass in seinen dunklen Zweigen hundert kleine Lichter wie Sternlein funkelten und er selbst, in sich hinein- und herausleuchtend, die Kinder freundlich einlud, seine Blüten und Früchte zu pflücken. Um den Baum umher glänzte alles sehr bunt und herrlich – was es da alles für schöne Sachen gab – ja, wer das zu beschreiben vermöchte! Marie erblickte die zierlichsten Puppen, allerlei saubere kleine Gerätschaften und, was vor allem schön anzu-sehen war, ein seidenes Kleidchen, mit bunten Bändern zierlich geschmückt, hing an einem Gestell so der kleinen Marie vor Augen, dass sie es von allen Seiten betrachten konnte, und das tat sie denn auch, indem sie einmal über das andere ausrief: »Ach, das schöne, ach, das liebe, liebe Kleidchen; und das werde ich – ganz gewiss –, das werde ich wirklich anziehen dürfen!« – Fritz hatte indessen schon, drei- oder viermal um den Tisch herumgaloppierend und -trabend, den neuen Fuchs versucht, den er in der Tat am Tische ungezäumt gefunden. Wieder absteigend, meinte er, es sei eine wilde Bestie, das täte aber nichts, er wolle ihn schon kriegen, und musterte die neue Schwadron Husaren, die sehr prächtig in Rot und Gold gekleidet waren, lauter silberne Waffen trugen und auf solchen weiß glänzenden Pferden ritten, dass man beinahe hätte glauben sollen, auch diese seien von purem Silber. Eben wollten die Kinder, etwas ruhiger geworden, über die Bilderbücher her, die aufgeschlagen waren, dass man allerlei sehr schöne Blumen und bunte Menschen, ja, auch allerliebste spielende Kinder, so natürlich gemalt, als lebten und sprächen sie wirklich, gleich anschauen konnte. – Ja, eben wollten die Kinder über diese wunderbaren Bücher her, als nochmals geklingelt wurde. Sie wussten, dass nun der Pate Drosselmeier einbescheren würde, und liefen nach dem an der Wand stehenden Tisch. Schnell wurde der Schirm, hinter dem er so lange versteckt gewesen, weggenommen. Was erblickten da die Kinder? – Auf einem grünen, mit bunten Blumen geschmückten Rasenplatz stand ein sehr herrliches Schloss mit vielen Spiegelfenstern und goldnen Türmen. Ein Glockenspiel ließ sich hören, Türen und Fenster gingen auf, und man sah, wie sehr kleine, aber zierliche Herrn und Damen mit Federhüten und langen Schleppkleidern in den Sälen herumspazierten. In dem Mittelsaal, der ganz in Feuer zu stehen schien – so viel Lichterchen brannten an silbernen Kronleuchtern –, tanzten Kinder in kurzen Wämschen und Röckchen nach dem Glockenspiel. Ein Herr in einem smaragdenen Mantel sah oft durch ein Fenster, winkte heraus und verschwand wieder, so wie auch Pate Drosselmeier selbst, aber kaum viel höher als Papas Daumen, zuweilen unten an der Tür des Schlosses stand und wieder hineinging.

Fritz hatte mit auf den Tisch gestemmten Armen das schöne Schloss und die tanzenden und spazierenden Figürchen angesehen, dann sprach er: »Pate Drosselmeier! Lass mich mal hineingehen in dein Schloss!« –

Der Obergerichtsrat bedeutete ihn, dass das nun ganz und gar nicht anginge. Er hatte auch recht, denn es war töricht von Fritzen, dass er in ein Schloss gehen wollte, welches überhaupt mitsamt seinen goldnen Türmen nicht so hoch war als er selbst. Fritz sah das auch ein. Nach einer Weile, als immerfort auf dieselbe Weise die Herrn und Damen hin und her spazierten, die Kinder tanzten, der smaragdene Mann zu demselben Fenster heraussah, Pate Drosselmeier vor die Türe trat, da rief Fritz ungeduldig: »Pate Drosselmeier, nun komm mal zu der andern Tür da drüben heraus.«

»Das geht nicht, liebes Fritzchen«, erwiderte der Obergerichtsrat. »Nun, so lass mal«, sprach Fritz weiter, »lass mal den grünen Mann, der so oft herausguckt, mit den andern herumspazieren.«

»Das geht auch nicht«, erwiderte der Obergerichtsrat aufs Neue.
»So sollen die Kinder herunterkommen«, rief Fritz, »ich will
sie näher besehen.«

»Ei, das geht alles nicht«, sprach der Obergerichtsrat verdrießlich, »wie die Mechanik nun einmal gemacht ist, muss
sie bleiben.«

»So-o?«, fragte Fritz mit gedehntem Ton, »das geht alles nicht?
Hör mal, Pate Drosselmeier, wenn deine kleinen, geputzten
Dinger in dem Schlosse nichts mehr können als immer dasselbe,
da taugen sie nicht viel und ich frage nicht sonderlich nach
ihnen. – Nein, da lob ich mir meine Husaren, die müssen ma-
növrieren, vorwärts, rückwärts, wie ich's haben will, und sind
in kein Haus gesperrt.«

Und damit sprang er fort an den Weihnachtstisch und ließ seine
Eskadron auf den silbernen Pferden hin und her trottieren und
schwenken und einhauen und feuern nach Herzenslust. Auch
Marie hatte sich sachte fortgeschlichen, denn auch sie wurde
des Herumgehens und Tanzens der Püppchen im Schlosse bald
überdrüssig und mochte es, da sie sehr artig und gut war, nur
nicht so merken lassen wie Bruder Fritz. Der Obergerichtsrat
Drosselmeier sprach ziemlich verdrießlich zu den Eltern: »Für
unverständige Kinder ist solch künstliches Werk nicht, ich
will nur mein Schloss wieder einpacken«; doch die Mutter trat
hinzu und ließ sich den inneren Bau und das wunderbare, sehr
künstliche Räderwerk zeigen, wodurch die kleinen Püppchen
in Bewegung gesetzt wurden. Der Rat nahm alles auseinander
und setzte es wieder zusammen. Dabei war er wieder ganz
heiter geworden und schenkte den Kindern noch einige schöne
braune Männer und Frauen mit goldnen Gesichtern, Händen
und Beinen. Sie waren sämtlich aus Thorn und rochen so süß

und angenehm wie Pfefferkuchen, worüber Fritz und Marie sich sehr erfreuten. Schwester Luise hatte, wie es die Mutter gewollt, das schöne Kleid angezogen, welches ihr einbeschert worden, und sah wunderhübsch aus, aber Marie meinte, als sie auch ihr Kleid anziehen sollte, sie möchte es lieber noch ein bisschen so ansehen. Man erlaubte ihr das gern.

LUDWIG THOMA
Christkindl-Ahnung
im Advent

Erleben eigentlich Stadtkinder Weihnachtsfreuden? Erlebt man sie heute noch? Ich will es allen wünschen, aber ich kann es nicht glauben, dass das Fest in der Stadt mit ihren Straßen und engen Gassen das sein kann, was es uns Kindern im Walde gewesen ist. Der erste Schnee erregte schon liebliche Ahnungen, die bald verstärkt wurden, wenn es im Haus nach Pfeffernüssen, Makronen und Kaffeekuchen zu riechen begann, 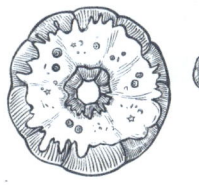 wenn am langen Tische der Herr Oberförster und seine Jäger mit den Marzipanmodeln ganz zahme, häusliche Dinge verrichteten, wenn an den langen Abenden sich das wohlige Gefühl der Zusammengehörigkeit auf dieser Insel, die Tag und Tag stiller wurde, verbreitete.

In der Stadt kam das Christkind nur einmal, aber in der Riss wurde es schon Wochen vorher im Walde gesehen, bald kam der, bald jener Jagdgehilfe mit der Meldung herein, dass er es auf der Jachenauer Seite oder hinter Ochsensitzer habe fliegen sehen. In klaren Nächten musste man bloß vor die Türe gehen, dann hörte man vom Walde herüber ein feines Klingeln und sah in den Büschen ein Licht aufblitzen. Da röteten sich die Backen vor Aufregung und die Augen blitzten vor freudiger Erwartung. Je näher aber der Heilige Abend kam, desto näher kam auch das Christkind ans Haus, ein Licht huschte an den Fenstern des

Schlafzimmers vorüber, und es klang wie von leise gerüttelten Schlittenschellen. Da setzten wir uns in den Betten auf und schauten sehnsüchtig ins Dunkel hinaus; die großen Kinder aber, die unten standen und auf eine Stange Lichter befestigt hatten, der Jagdgehilfe Bauer und sein Oberförster, freuten sich kaum weniger.

Es gab natürlich in den kleinen Verhältnissen kein Übermaß an Geschenken, aber was gegeben wurde, war mit aufmerksamer Beachtung eines Wunsches gewählt und erregte Freude. Als meine Mutter an einem Morgen nach der Bescherung ins Zimmer trat, wo der Christbaum stand, sah sie mich stolz mit meinem Säbel herumspazieren, aber ebenso frohbewegt schritt mein Vater im Hemde auf und ab und hatte den neuen Werderstutzen umgehängt, den ihm das Christkind gebracht hatte. Wenn der Weg offen war, fuhren meine Eltern nach den Feiertagen auf kurze Zeit zu den Verwandten nach Ammergau. Ich mag an die fünf Jahre gewesen sein, als ich zum ersten Male mitkommen durfte, und wie der Schlitten die Höhe oberhalb Wallgau erreichte, von wo aus sich der Blick auf das Dorf öffnete, war ich außer mir vor Erstaunen über die vielen Häuser, die Dach an Dach nebeneinanderstanden. Für mich hatte es bis dahin bloß drei Häuser in der Welt gegeben.

Die Geschichte vom kleinen Baumwollfaden

Es war einmal ein kleiner Baumwollfaden, der hatte Angst, dass es nicht ausreicht, so, wie er war: »Für ein Schiffstau bin ich viel zu schwach«, sagte er sich, »und für einen Pullover zu kurz. An andere anzuknüpfen, dazu habe ich viel zu viele Hemmungen. Für eine Stickerei eigne ich mich auch nicht, dazu bin ich zu blass und farblos. Ja, wenn ich aus Lurex wäre, dann könnte ich eine Stola verzieren oder ein Kleid! Aber so?! Es reicht nicht! Was kann ich schon? Niemand braucht mich! Niemand mag mich – und ich mich selbst am wenigsten!« So sprach der kleine Baumwollfaden, legte traurige Musik auf und fühlte sich ganz niedergeschlagen in seinem Selbstmitleid. Da klopfte ein Klümpchen Wachs an seine Tür und sagte: »Lass dich doch nicht so hängen, du Baumwollfaden. Ich hab da so eine Idee: Wir beide tun uns zusammen. Für eine große Weihnachtskerze bist du zwar als Docht zu kurz und ich hab dafür nicht genug Wachs, aber für ein Teelicht reicht es allemal. Es ist doch viel besser, ein kleines Licht anzuzünden, als immer nur über die Dunkelheit zu jammern!« Ein kleines Lächeln huschte über das Gesicht des Baumwollfadens und er wurde plötzlich ganz glücklich. Er tat sich mit dem Klümpchen Wachs zusammen und sagte: »Nun hat mein Dasein doch einen Sinn!« Und wer weiß, vielleicht gibt es in der Welt noch mehr kurze Baumwollfäden und kleine Wachsklümpchen, die sich zusammentun könnten, um der Welt zu leuchten.

❧ Das Schneeglöckchen ❧

Es war einst ein langer, kalter Winter und der Schnee wollte nicht schwinden. Unter der weißen Decke harrten ein paar Blumenkeime auf ein freundliches Augenzwinkern des Frühlings. Da ihnen die Zeit lang wurde, sprach einer zum anderen: »Horch, Brüderlein, ich möchte es versuchen, wie es draußen aussieht.« Da sagte der andere: »Probier's, ich komme mit.« Also haben sie die Keimblätter hübsch zugespitzt, dass sie scharf wurden wie Pfeile und durch den Schnee schießen konnten. Dann versuchten sie's. Hat es sie auch nicht wenig gefroren bei der kalten Arbeit, so gelang es ihnen doch, und nach wenigen Stunden waren sie mit ihren Köpflein ans Tageslicht emporgedrungen. Der Schnee hatte ihnen alle Farbe weggeleckt und sie waren weiß wie Leinen.

»Macht nichts!«, sprach eines zum andern und keines ließ sich seine Freude verderben. Darauf wiegten sie lustig die Krone hin und her, dass die Staubfäden wie Hämmerchen an die Wände schlugen und ein feiner Klang den Wald durchdrang.

Das hörte der Winter und dachte sich: »Wird schon der Frühling eingeläutet? Jetzt ist es Zeit, dass du dich aus dem Staube machst. Dem jungen, leichtfertigen Kerl will ich aus dem Wege gehen; ich mag ihn nicht leiden!« Da zog er seinen langen, weißen Schneemantel an sich und trollte sich seiner Wege.

Der Frühling aber lauschte bereits hinter den Hecken, und als er vortrat, galt sein erster Gruß den beiden Blumen, und er gab ihnen von nun an den Namen »Schneeglöckchen«, weil sie den Schnee weggeläutet hatten.

CHRISTOPH VON SCHMID
Die Weihnachtskrippe daheim

Der Bruder meiner Mutter, namens Joseph Hartel, ein noch unverehelichter junger Mann, der schöne Blechwaren aller Art verfertigte, besuchte uns, besonders im Winter, alle Abende. Er war immer heiter und voll witziger Einfälle.

Wir Kinder alle waren immer hocherfreut, wenn der Herr »Vetter Joseph« kam, wie wir ihn nannten. Uns Kindern und den Kindern einer Schwester und auch einiger Nachbarn Freude zu machen, hatte er in einer Ecke seines Wohnzimmers zwischen den zwei Fenstern eine »Weihnachtskrippe« angebracht. Man sah einen großen Berg mit Felsen und Wäldchen und zerstreuten ländlichen Hütten. Ganz oben auf dem Berge befand sich die Stadt Bethlehem. Wenn er uns bei Tage die Krippe zeigte, rauchten alle Kamine der Stadt, bei Nacht waren alle Fenster erleuchtet. Dies wurde durch ein Glutpfännchen mit Weihrauch oder einer kleinen Lampe bewirkt, die er in das Innere der Stadt hineinstellte, die aus Blech gefertigt und zierlich mit Farben bemalt war. Unten im Tale befand sich auf einer Seite eine grüne Ebene mit vielen Schafen und Lämmchen und mit dem Hirten, der auf einer Schalmei spielte. Zur andern Seite war ein kleiner See von wirklichem Wasser, in dessen Mitte, so zart wie das feinste Silberfädchen, ein Springbrunnen emporsprudelte. Auf dem See befanden sich zwei Schwäne; wenn man ihnen ein kleines rotes Stäbchen, das bereitlag und an dessen Spitze etwas Brot befestigt war, vorhielt, so kamen sie herbei; zeigte man ihnen aber den breiten Teil des Stäbchens, so wichen sie zurück.

Dieses Wunder des uns unbekannten Magneten erfreute uns Kinder sehr. Die größte Freude aber machte uns das göttliche Kind mit Maria und Josef; auch die anbetenden Hirten und die Heiligen Drei Könige, die mit aller königlichen Pracht erschienen.

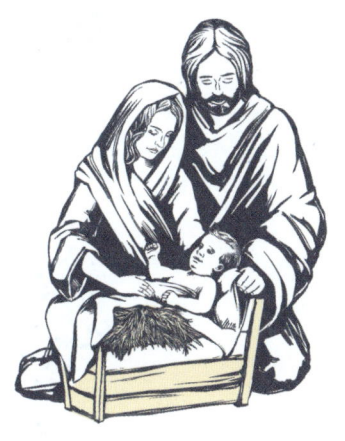

Noch jetzt zur Stunde erinnere ich mich an alles sehr klar und deutlich. In Hinsicht der Kunst mochte dieses alles wohl keinen Wert haben. In Bezug auf die Zeitverhältnisse war manches irrig und ganz verfehlt. Aus den Mauern Bethlehems schauten zum Beispiel Kanonen hervor; der ehrwürdige Greis Simeon hatte eine Brille auf; die Heiligen Drei Könige waren mit dem doppelten Adler oder einem Ordenskreuz geschmückt. Allein all dieses irrte uns Kinder nicht. Wir hatten dabei sehr andächtige Empfindungen, die wohl nicht ohne Gewinn waren für das ganze Leben.

PAUL ARÈNE
Gute und schlechte Misteln

Nach tagelangem heftigem Sturm waren die Waldwege an diesem Morgen mit abgebrochenen Zweigen übersät. An manchen Orten lagen Mistelzweige, die sich von den dicken grünen Kugeln losgerissen hatten, welche im Herbst wie Vogelnester an den kahlen Baumwipfeln wachsen.

Zwei Frauen gingen früh schon im Wald spazieren. Die eine war alt, so alt, dass ihr Gesicht und ihre Hände rissig waren wie eine alte Baumrinde. Die andere war jung und so schön, dass sich in dieser Jahreszeit nichts mit ihrer Schönheit vergleichen ließ – gab es doch im Augenblick weder Maiglöckchen, die ihrem zarten Teint entsprachen, noch Immergrün, das ihre Augenfarbe wiedergegeben hätte. Die Alte las die heruntergefallenen Äste auf und bündelte sie. Damit wollte sie ihren Kamin heizen und sich das Abendessen kochen. Die Junge hob zum Zeitvertreib die Mistelzweige auf und band sie mit einem Band zu einem Strauß zusammen.

Beide Frauen gaben sich still ihrer Beschäftigung hin. Die eine arbeitete gebückt, die andere schlenderte grübelnd vor sich hin, bis sie, aus verschiedenen Richtungen kommend, einander an einem Punkt begegneten. Dieser Punkt war eine Wegkreuzung, die »Treffpunkt der Eremiten« genannt wurde und in unmittelbarer Nähe eines großen Steins lag. Hier, wo früher ein altes Kreuz gestanden hatte, war jetzt ein Loch im Boden, das das ganze Jahr über Wasser führte und den Vögeln als Tränke diente.

»Guten Morgen, junges Fräulein!«, krächzte die Alte. »Schöne

Misteln habt Ihr da! Was wollt Ihr denn mit all den Misteln?«
Die junge Frau zögerte. Sie hatte die Alte wegen ihrer zer-
lumpten Kleidung und ihres durchdringenden Blicks zuerst für
eine Hexe gehalten. Aber die Lumpen waren so sauber und ihr
Gesicht so freundlich; daher vertraute sie sich ihr an und sagte
leise: »Wisst Ihr, das ist so: Ich bin Guillaumette, die Tochter des
Bauern Guillaume. Unser Hof ist da unten hinter der Brücke,
an der Biegung, wo die Straße in den Ort hineinführt …«
»Ich kenne den Hof«, unterbrach die Alte sie, »dein Vater ist
ein reicher, aber frommer Mann. Jeder, der arm ist, kennt ihn;
schon lange gibt es dort Almosen.«
»So hört, gute Alte, nun ist die Gelegenheit gekommen, dass
Ihr mir helft, und zwar mit Eurem Rat. Ein junger Mann,
den ich liebe, hat versprochen, mich zu heiraten. Er liebt mich
auch, aber bis jetzt hat er sein Versprechen noch nicht eingelöst.
Da ist mir heute, als ich die vielen Misteln am Boden sah,
folgende Idee gekommen: Ich sammle sie, binde sie zu einem
Strauß zusammen und hänge den Strauß an Weihnachten
heimlich über unsere Eingangstür. Mein Verlobter wird mit
uns zusammen Weihnachten feiern; und wenn er mich dann zur
Messe führt, werden wir unter den Mistelzweigen durchgehen.
Es heißt doch, wenn ein Paar gemeinsam unter einem Strauß
Misteln hindurchschreitet, verdoppelt sich die Liebe und die
beiden heiraten binnen Jahresfrist.«
»Ich weiß, ich weiß«, murmelte die Alte, »aber bis Weihnachten
sind es doch noch gut zwei Monate.«
»Was macht das schon? Die Misteln halten sich jahrelang. Sie
werden bis Weihnachten schon nicht verwelken.« Die Alte
lachte und sagte: »Tja, schöne Misteln mit schönen Blüten,
kräftigen Zweigen und dicken, goldroten Blättern … Bisschen

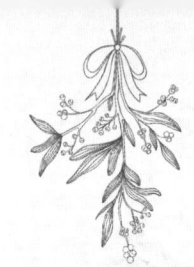

jung vielleicht noch; das sieht man am grünen Samen. Müsst die Zweige nicht zu früh pflücken und nicht die nehmen, die der Sturm abgerissen hat. Ein guter Mistelzweig, der Glück in der Liebe bringt, muss den Winter erlebt, er muss Kälte und Frost und Stürme überstanden haben und trotzdem so fest am Baum angewachsen sein, dass ein Stück Rinde mit abgeht, wenn man ihn abreißt. Ihr jungen Leute glaubt das nicht. Es gibt eben gute und schlechte Misteln, genau wie es glückliche und unglückliche Liebe gibt.« Doch da war die junge Guillaumette schon weit weg. Die Alte nahm ihr Reisigbündel und ging. Im Gehen sagte sie noch einmal: »Schöne Misteln, schöne Misteln. 's gibt gute und schlechte Misteln …«

Im Jahr darauf trafen die beiden Frauen einander zufällig wieder – an derselben Stelle wie damals, aber nicht im Oktober, sondern einen Tag vor Heiligabend.

Der gefrorene Waldboden knirschte unter ihren Füßen. Die Äste waren mit glänzendem Raureif überzogen, und überall da, wo die dichten Baumwipfel die Wintersonne nicht durchließen, war der Schnee liegen geblieben. Vielleicht lag es an diesem Schnee, dass die alte Frau heute keine Zweige auflas. Sie hielt ein sichelförmiges Messer in der Hand und schnitt damit ein paar große, frische Mistelzweige ab. Sie stöhnte; die Arbeit bereitete ihr Mühe. Da erkannte sie Guillaumette und sah, dass sie weinte.

»Aber Mädchen, wer wird denn weinen?«, sagte sie mitfühlend.

»Ach, gute Frau«, schluchzte Guillaumette, »obwohl's nichts nützen wird, werd' ich Euch meinen Kummer erzählen. Letztes Jahr habe ich doch, falls Ihr Euch erinnert, mit meinem Verlobten unter den Mistelzweigen hindurchgehen wollen, damit er sich endlich für mich entschließt. Zuerst ging alles gut: Kaum hatte er den Fuß über die Schwelle gesetzt, sah er den Mistelbusch über der Tür und umarmte mich. Später, nach der Messe, nahm er meinen Vater beiseite und hielt um meine Hand an …«

»Erzähl weiter, Guillaumette!«

»Wir hatten schon das Aufgebot bestellt und die Musikanten für die Hochzeit engagiert. Aber es wäre zu schön gewesen, um wahr zu sein! Eines Nachts trat der Fluss in der Nähe unseres Hofes über die Ufer. Wiesen und Ackerland waren überschwemmt, die gesamte Ernte vernichtet, und meine Familie hatte auf einen Schlag drei Viertel ihres Vermögens verloren.«

»Und dann?«

»Und dann …«, stieß Guillaumette unter Tränen hervor, »… als mein Verlobter erfuhr, dass ich nun arm bin, verschwand er eines Tages spurlos … Wir haben ihn überall gesucht und nie mehr etwas von ihm gehört.«

»Oh, Guillaumette, ich habe Euch gewarnt: Die Misteln dürfen nicht zu jung sein … Auch unter den jungen Burschen gibt es so viel treulose … Sagt, liebt Ihr ihn immer noch?«

»Nein, natürlich nicht.«

»Warum weint Ihr dann?«

»Weil er mich so gekränkt hat – nicht, weil ich ihn liebe. Man liebt doch nur den, der einen wiederliebt.«

»Wenn das so ist, Guillaumette, dann seid guten Mutes. Ich kenne jemanden, der Euch seit Langem liebt …«

»Jemanden, der mich liebt?«

»Ja, und er tut es wirklich. Ich bin eine alte Frau, aber ich habe noch gute Augen. Ich weiß, dass dieser Mann Euch im Stillen seit Langem begehrt, auch wenn Ihr ihn bislang kaum beachtet habt. Den kümmert's nicht, ob Eure Mitgift den Fluss hinuntergeschwommen ist! Es ist der Sohn Eures Nachbarn – Ihr braucht nicht rot zu werden. Verbringt er nicht ohnehin Weihnachten bei Euch? Wenn Ihr meinen Rat hören wollt: Bittet ihn, Euch heute Nacht in die Messe zu begleiten, und seht ihn Euch genau an.«

Guillaumette weinte nicht mehr. Seufzend fragte sie: »Könnt Ihr mir ein oder zwei von Euren Mistelzweigen verkaufen – für den Fall, dass er mir gefällt?«

»Hier hast du sie, mein hübsches Kind. Siehst du – sie sind rot wie Kupfer, mit kleinen, weißen Samen, die wie Perlen aussehen. Das sind die Misteln, die Ihr braucht; die trügen nicht. Diese Misteln haben den Winter, den Frost und die Kälte überstanden und sie sind nicht mit dem ersten Sturm vom Baum gefallen … Nein, danke, behaltet Euer Geld, Guillaumette. Diese Misteln sind nicht verkäuflich. Sie gehören dem Nachbarssohn, der mich gebeten hat, sie für ihn zurückzulegen …«

Die Alte nahm zwei besonders schöne Mistelzweige, gab sie Guillaumette und lächelte verschmitzt: »Ich habe es Euch gesagt: Es gibt gute und schlechte Misteln, so wie es zwei Arten von Liebe gibt – die, die glücklich macht, und die, die unglücklich macht.«